W0056755

Drei Jugendliche, drei Schicksale. Sie kennen sich nicht, aber sie alle haben ein gemeinsames Ziel: Selbstmord. In einem Internetforum verabreden sich Sammy, Nidal und Marie, um gemeinsam zu sterben – ohne allerdings zu ahnen, dass sie beobachtet werden. Yoshua ist heimlicher Mitleser des Chats und versucht, das Ereignis zu verhindern. Doch was wird passieren, wenn er zum vereinbarten Treffpunkt kommt ...?

Spannend und eindringlich zeichnet Tobias Elsäßer in diesem Episodenroman vier Schicksale zwischen Verzweiflung, Hoffnung und Neuanfang.

»Hochspannung bis zum überraschenden Ende« *Deutschlandradio Kultur*

Tobias Elsäßer, geboren 1973, arbeitet als freier Journalist, Autor und Gesangslehrer. Darüber hinaus leitet er Schreibwerkstätten und Songwriter-Workshops für Jugendliche und schreibt Drehbücher. Seine Kinder- und Jugendbücher wurden bereits mit zahlreichen Preisen ausgezeichnet. Außerdem ist Tobias Elsäßer Gewinner des Kranichsteiner Literaturstipendiums 2010. Er lebt in der Nähe von Stuttgart.

Von Tobias Elsäßer sind bei Fischer folgende Jugendbücher lieferbar:
›Ab ins Paradies‹
›Vielleicht Amerika‹
›Abspringen‹
›Wie ich einmal fast berühmt wurde‹
›One. Die einzige Chance‹

Weitere Informationen zum Kinder- und Jugendbuchprogramm der S. Fischer Verlage, auch zu E-Book-Ausgaben, gibt es bei *www.fischerverlage.de*

Tobias Elsäßer

FÜR NIEMAND

FISCHER Taschenbuch

Für alle Verrückten

Erschienen bei FISCHER Kinder- und Jugendtaschenbuch
Frankfurt am Main, August 2014

Zuerst erschienen bei Sauerländer 2011
© S. Fischer Verlag GmbH, Frankfurt am Main 2013
Covergestaltung: Init GmbH I Kommunikationsdesign
Druck und Bindung: CPI books GmbH, Leck
Printed in Germany
ISBN 978-3-7335-0003-0

Niemand, niemand kennt mich wie du
Unbedingt, ich geb alles zu
Keine Enttäuschung, kein einziges Mal
Aber dir ist eh alles egal

Sophie Hunger | Walzer für Niemand

Du bist, wie du bist.

Inhalt

LIEBER BESUCHER,

DU BIST DABEI, EINEN GESCHÜTZTEN BEREICH ZU BETRETEN. BEANTWORTE DIE FOLGENDEN FRAGEN INNERHALB DER VORGEGEBENEN ZEIT. SOLLTE DICH DER ADMINISTRATOR FÜR WÜRDIG HALTEN, WIRD DIR INNERHALB VON 24 STUNDEN EIN NEUER NICKNAME ZUGEWIESEN UND EIN PASSWORT, MIT DEM DU DEN CHATROOM IN ZUKUNFT BETRETEN KANNST. DIESES PASSWORT IST NICHT FÜR DRITTE BESTIMMT. BEI MISS-BRAUCH ODER FEHLVERHALTEN WIRD DER PRIVATE CHATROOM UMGEHEND GESCHLOSSEN.

1. WER WIRD MILLIONÄR?

Yoshua

Yoshua könnte ein Held sein. Ein Retter. Er weiß es noch nicht. Das Schicksal, Gott, der Zufall, wer auch immer, hat ihn auserwählt. Ohne Casting. Für diese Rolle musste er nicht vorsprechen. Yoshua ist erstaunlich dünn für einen Helden. Aber klug. Seine Gesichtszüge sind fein. Aber nicht so fein, dass es für eine Karriere als Model reichen würde. An dem Job wäre er aber ohnehin nicht interessiert. Zu banal. Zu oberflächlich. Nicht sein Ding.

Er steht an der Tafel. Sein Lehrer nickt ihm zu. Es läuft gut. Erleichtert legt er seine Notizen aus der Hand. Er biegt ein. Auf die Zielgerade. Was jetzt kommt, kann er auswendig. »Google will nicht nur Fotos von Straßenzügen und Häusern machen, sondern scannt die Umgebung nach WLAN-Netzen ab und speichert die Daten. Was Google damit vorhat, weiß keiner.«

Beifall. Keine Verbeugung. Ein entschlossener Zug um die Lippen, der sich zu einem Lächeln erhebt. Dann der Schulgong. Ein gebrochener Dur-Akkord. Elektronisch. Ohne Störgeräusche. Die Schüler springen auf. Yoshua bleibt zurück. Zufrieden. Glücklich. Stolz. Sein Pulsschlag pendelt sich ein. Das Blut rauscht zurück in seine Finger. Der Augenblick der Verletzlichkeit liegt hinter ihm.

»Das war gut.« Der Lehrer öffnet die Fenster. »Wenn du das nächste Mal langsamer sprichst, kann ich dir eine Eins geben.

Inhaltlich gibt es nichts auszusetzen.« Warme Luft strömt herein. »Was ist eigentlich aus deinem Programm geworden? Hast du es eingeschickt?«

Yoshua schaltet den Beamer aus. »Ist noch nicht so weit.«

»Hat nicht zufällig etwas mit deinem Referat zu tun?«

»Nein.« Yoshua blickt auf die Uhr und schultert seinen Rucksack. »Ich muss leider los. Der Bus.«

»Ist es dir gelungen, die Rechenzeit zu verkürzen?«

»Drei Sekunden.« Ein Lächeln huscht über Yoshuas Gesicht.

»Dann zeigt es alle …« Er stockt. Ein unkontrolliertes Blinzeln.

»Alle Chatrooms, die zu der Suchanfrage passen.«

»Auch die geschützten?«

»Manchmal.«

»Hast du es dabei?«

Yoshua steht in der Tür. Ein Luftzug wirbelt seine dunklen Locken umher. »Ist noch in der Testphase. Zu viele Fehlermeldungen.«

Marie

Ein Blick durch die Balkontür in ein großes Zimmer. Der erste Eindruck: ein wenig kitschig, ein wenig mädchenhaft. Wenigstens stehen nirgendwo Puppen herum. Nicht mehr. Die Zeiten sind vorbei. Keine Poster an den Wänden. Keine Stars, die angehimmelt werden wollen. Stattdessen eine gelbe Couch, ein Glasschreibtisch und ein MacBook. Im Regal ein paar Bilder von Freunden, Schnappschüsse. Jedes in einem anderen Rahmen. Jedes in einer anderen Größe. Auf dem Flatscreen perfekte Aufnahmen von computergenerierten Landschaften. *Herr der Ringe.* Eine ausufernde Kampfszene. Auf Leben und Tod. Marie schaut nicht hin. Sie kennt den Film. Sie kennt die Musik. Und sie weiß, dass es diese andere Welt nicht gibt. Leider. Es gibt sie nicht.

Kapier es endlich! Sie fragt sich, warum Fantasie nicht Wirklichkeit werden kann. Niemals. Kein Tor, das sich öffnet, kein gleißend helles Licht, das sie hinüberführt auf diese andere Seite. Sie liegt ausgestreckt auf dem Sofa. Sie badet in einem Meer aus glänzenden Kissen. Die Sonne streift ihre nackten Füße. Der Rest liegt im Schatten. Die Augen des Betrachters müssen sich an den Helligkeitsunterschied gewöhnen. Es vergehen Sekunden. Der Nebel lichtet sich. Ein Ellenbogen ist aufgestützt, die Hand klemmt unterm Kinn. Ein Mädchen mit langen braunen Haaren, bronzener Haut und pausbäckigem Gesicht kommt zum Vorschein. Marie starrt sorgenvoll auf ein Blatt Papier. Die Buchstaben neigen sich nach Westen. Dorthin, wo sie jetzt gerne sein würde. Luftlinie nur zehn Kilometer, aber in Wirklichkeit unerreichbar.

Liebe Emma,
vielleicht wirst Du diesen Brief niemals bekommen. Vielleicht wirst Du ihn auch nicht brauchen. Bestimmt ist das so. Deshalb werde ich ihn wohl auch nicht abschicken. Manchmal reicht es, etwas aufzuschreiben, um sich besser zu fühlen. Früher hat das jedenfalls geklappt, aber jetzt, jetzt ist alles anders. War eben doch nur Kinderquatsch, damals. Ich würde gerne wissen, wie Du Dich fühlst. Ob Du mich vermisst, oder ob es keine Rolle spielt, wer dich in den Armen hält. Ja, wahrscheinlich spielt es keine Rolle und vielleicht ist es das Beste, wenn ich Dich in Ruhe lasse. Du sollst nicht denken, dass ich Dich nicht liebe. Das tue ich. Manchmal glaube ich, dass alles ein großer Fehler war. Aber die Scheißangst. Ich hab Dir das ja schon mal erklärt. Die Scheißangst macht alles kaputt. Und ich hatte keine Wahl. Wirklich. Es tut mir leid, schrecklich leid –

Marie legt den Stift aus der Hand. Mitten im Satz. Ihre Kehle ist wie zugeschnürt. Sie erhebt sich, geht hinüber zum Schreibtisch und loggt sich ein. Tränen glitzern in ihren Augen. Sie zieht ein Taschentuch aus der Pappbox und tupft ihre Wangen, bevor sich ihr Blick wieder der Startseite des Chatrooms zuwendet. Hier kann sie alles sagen, alles so meinen. Oder auch nicht. Keiner wird vorbeikommen und nachgucken, was tatsächlich in ihrem Leben passiert. Aber manchmal ist das auch schade. Manchmal wünscht sie sich, dass jemand vorbeikommt. So wie jetzt. Eine Stimme, denkt Marie, wenigstens eine Stimme. Jemand, der nur für sie da ist und nicht mit drei Leuten gleichzeitig chattet. Deshalb greift sie zum Telefon und tippt die Nummer von dem gelben Flyer ab. Den hat ihr ein Mädchen nach dem letzten Gottesdienst in die Hand gedrückt. Wenn der Pfarrer rangeht, legt sie auf. Es tutet. Einmal, zweimal. Sie räuspert sich. Dann meldet sich die sonore Stimme einer Frau.

Nidal

Nidal ist ein lässiger Typ. Normalerweise. Nur jetzt nicht. Jetzt ist er wütend. Und traurig. Und beides zugleich. Er hockt auf dem Klo. Weiße Trennwände. Dumme Sprüche. Telefonnummern. Das übliche Gekritzel. Seine kakifarbene Hose ist runtergerutscht. Sie liegt zusammengeknüllt um seine Knöchel. Wie eine Fußfessel. Die Muskeln an seinen Beinen sind angespannt. Er sucht nach einer Erklärung. Für sich. Für sein Leben. Für alles. Wahrscheinlich hat man ihn als Kind zu sehr verwöhnt. Das muss es sein. »Schwächlinge braucht die Welt nicht« hat sein Vater immer gesagt und ihn fest an sich gedrückt. Schlagen hätte er ihn sollen. In den Bauch treten. Auspeitschen, bis das Blut spritzt.

Vielleicht wäre dann alles anders. Nicht dieses Gefängnis. Sogar seinen Gedanken verbietet er, zu entfliehen. Er fängt sie ein, bevor sie zu mächtig werden und die Kontrolle übernehmen. Über ihn. Über die Welt. Über alles.

Wie lange soll das so weitergehen? Wie viele Jahre hat man ihm aufgebrummt? Wofür will man ihn überhaupt bestrafen? Ohne Prozess, ohne Anwalt, ohne Zeugen.

Es gibt keine Gerechtigkeit!

Nidal wickelt ein Stück Klopapier von der Rolle. Er schnäuzt hinein. Er hört, wie nebenan jemand die Spülung drückt. Er will fliegen. Auf und davon. Ein Vogel mit großen Schwingen. Dächer, Wolken, Wälder, Flüsse und Seen. Aus der Ferne nur Farbkleckse. Mehr ist nicht zu erkennen.

Jetzt sitzt er fest. Nicht nur in Gedanken. Das Rädchen an seinem Feuerzeug lässt sich nicht mehr weiter aufdrehen. Die Flamme leckt über das schmutzige Plastik der Innentür. Zischend. Zerstörung. Buchstabe für Buchstabe. Wort für Wort. Bis der Satz verschwunden ist. Bläschen, erst dunkelbraun wie Karamell, dann schwarz und starr, tilgen die Botschaft. Aber nur für seine wässrigen Augen, nicht in seinem Kopf. Dort haben sich die Worte längst eingebrannt.

Sammy

Der Tag, an dem Sammy beschließt, sich umzubringen, ist ein Freitag. Es könnte auch ein Sonntag (rumhängen mit Jessy) oder ein Dienstag (begrapscht werden von Paul) sein. Das spielt keine Rolle, weil die Tage sich gleichen wie die Häuser und die Vorgärten und die Geräusche in der Straße, in der sie lebt. Alles ist so perfekt, so sauber, so aufgeräumt, dass sie sich wünscht, ein Tornado würde seinen Rüssel auf den Boden senken und das Neubaugebiet am Rande von Stuttgart plattmachen. Ausradieren. So wie es immer in Katastrophenfilmen gezeigt

wird. Ein riesiger Staubsauger. Berstende Scheiben. Umherflie-
gende Trümmer. Und danach – gespenstische Stille. Doch das ist
nur ein Traum, und Träume gehen selten in Erfüllung. Deshalb
muss sie handeln.

Jetzt!

Tabletten, Erhängen, Pulsadernaufschlitzen. Alles schon durchgespielt. Und dann die Gesichter ihrer Eltern, wenn sie von der
Arbeit nach Hause kommen … Was für ein Spaß!

Nun hört sie Musik. Nur in ihrem Kopf. Eine Tonspur mit fröh-
lichem Reggae. Unpassend, aber das gefällt Sammy. Das Gegenteil von dem, was erwartet wird. Der Tod macht ihr keine Angst.
Nicht an diesem Abend. Der letzte Tanz. Im Offbeat ins Jenseits.
Vielleicht ist sie verrückt, aber normal wollte sie ohnehin nie
sein.

Sammy stellt sich vor, wie der Notarztwagen um die Ecke biegt.
Sie hört das Getuschel der Leute, die aus ihren Häusern strömen. Erst vereinzelt und dann immer mehr. Insgeheim wären
sie Sammy dankbar für die Abwechslung. Genauso dankbar wie
nach den Anschlägen vom 11. September oder dem Seebeben,
das den Tsunami ausgelöst hat. Ablenkung ist wichtig, will man
hier draußen nicht vor Langeweile krepieren oder an der Mittel-
mäßigkeit des eigenen Lebens verzweifeln. Natürlich werden die
Jansens, die Bergers, die Drexlers und wie sie alle heißen ihre
Dankbarkeit nicht offen zeigen, sondern hinter Betroffenheits-
gefasel und Spekulationen verstecken: »Hab ja immer gedacht,
dass mit der was nicht stimmt. So wie die rumgelaufen ist.«
»Dass sie das ihrer Familie antut …« »Vielleicht hat sich jemand
an ihr vergriffen.« »Der Vater?« »Wer weiß …« »Haben schon
ein schweres Los gezogen, die Weitbrechts. Erst macht der Sohn
Ärger und jetzt die Tochter.« Das Gerede wird sie über die
nächsten Monate bringen, bis mit Weihnachten ein neues Ziel
am Horizont der Wiederholungen auftaucht. Um Missverständ-

nissen vorzubeugen, spielt Sammy mit dem Gedanken, einen Abschiedsbrief zu hinterlassen, ihn hundertfach zu kopieren und in jeden verdammten Briefkasten zu werfen. Oder noch besser: Videobotschaften. Auf jeden Fall eine für Herrn Schreiber, der sie immer angafft, wenn sie auf den BH verzichtet, weil Körbchengröße A nicht gestützt werden muss.

Aber wozu?

Mit dieser Frage hat alles begonnen.

Wozu?

Ein Wort, so quälend wie der Refrain eines Popsongs.

Würde jemand sie fragen, warum sie ausgerechnet in dieser Nacht den Drang verspürt, einen Schlussstrich unter ihr Leben zu ziehen, würde sie wahrscheinlich mit einem Schulterzucken antworten und lächeln. Vielleicht würde sie etwas Lockeres zu ihren Freunden sagen, einen lässigen Spruch, der sich wie ein Schutzschild vor ihre Gedanken stellt. Oder sie würde auspacken. Abrechnen mit Carla, die nicht weiß, was es heißt, anders zu sein. Anders zu denken. Mittendrin und doch nie dabei.

Da ist das Knistern des Feuers, das begierig nach Nahrung schreit. Da sind die Finger ihres Freundes, die unter ihr T-Shirt kriechen und nach allem suchen, nur nicht nach Liebe. Aber da ist keiner, der ihr eine Frage stellt. Überhaupt, findet Sammy, gibt es zu wenige Menschen, die Fragen stellen. Echte Fragen, die nach echten Antworten verlangen. Fragen, die nicht nur dazu dienen, über all den Müll zu reden, der gerade in der Glotze läuft; über Models, Aussehen, Geld, Jungs, Sex, Saufen und Partys. Das ist es, was ihr auf die Nerven geht, sie ankotzt, in der Schule, zu Hause, sogar in der Band. Überall das Gleiche: Niemand stellt Fragen. Wichtige Fragen.

Wenn das Leben ein Quiz ist, ein *Wer wird Millionär*, dann will sie heute Nacht aussteigen, obwohl sie es nicht weit gebracht hat. Aber wenn da keiner ist, der dich fragt, kannst du nicht gewinnen.

Die Telefonistin

»Du musst nicht nervös sein«, sagt der Pfarrer. »Die meisten werden wegen Schulproblemen anrufen. War letztes Mal auch so. Sollte jemand ernsthafte Probleme haben, weißt du ja, was zu tun ist.« Er deutet mit dem Kopf zu einer Visitenkarte, die am Rand des Monitors klebt: *Diplom-Psychologin Dr. Frauke Böttcher*.

Das Mädchen nickt.

»Ich bin oben. Die Probe vorbereiten.« Der Mann geht zwei Schritte, dann dreht er sich um. »Vielleicht willst du mal wieder einen Gottesdienst für die Kleinen gestalten. Der letzte ist so gut angekommen.«

»Schule.« Das Mädchen zuckt entschuldigend die Achseln.

»Ist ja nicht eilig.«

»Vielleicht im Oktober.« Sie spürt, dass sie rot wird. Blut steigt in ihre Wangen und an ihrem Hals zeigt sich ein ausgefranster Fleck. Der Mann verschwindet aus dem Zimmer. Das Mädchen schaut ihm nach. Durch das staubige Kellerfenster bricht die Sonne herein. Galaxien von Staubkörnchen wirbeln umher. Das Mädchen studiert einen Diät-Ratgeber. Sie hat ihn auf der letzten Seite eines Modemagazins gefunden. Ein kleines Faltblatt, vollgepflastert mit Werbeanzeigen von Schönheitschirurgen. Idioten, denkt sie und schiebt die Überreste ihrer Keks-Orgie zu einem kleinen Häufchen zusammen, bevor sie im Kopf die Kalorien addiert, die sie sich in den letzten fünf Minuten einverleibt hat. Drei Stunden Joggen oder zwei Stunden Stepper, damit kann sie alles ungeschehen machen. Aber wozu? Warum sitzt sie überhaupt hier? Draußen tobt das Leben. Liebespaare schlendern durch den Schlosspark, und im Freibad werden Blicke getauscht, Freundschaften geschlossen und Beziehungen angebahnt. Sie schiebt sich einen weiteren Keks in den Mund. Kaut ein paarmal darauf herum und schlingt den sandigen Brei hinunter.

Ein schriller Klingelton durchbricht die Stille. *Rufnummer unterdrückt*, steht auf dem Display. Sie spült mit einem Schluck Cola nach und geht ran.

»Hallo, hier ist die Kummerkasten-Hotline St. Augustin, wie kann ich dir helfen?« Das Mädchen ist nicht bei der Sache. Sie steht neben sich. Sie hat vergessen, ihren Namen zu sagen. Sie überlegt, ihren Fehler zu korrigieren, lässt es aber sein. Stattdessen klickt sie auf ihr E-Mail-Postfach, das sie in einem kleinen Fenster beobachtet. Eine Freundschaftsanfrage von Facebook. Ein leichtes Zucken um die Mundwinkel. Jemand will mit ihr Kontakt aufnehmen. Neugierig, mit einer gewissen Glückseligkeit in den Augen, wird die Mail sogleich geöffnet.

Bist du wirklich so fett, wie du auf dem Foto aussiehst? Fassungslos starrt sie auf den hässlichen Einzeiler. Worte wie eine Streubombe. Ein Schmerz, dem sie nicht entkommen kann. Weißer Phosphor, der wie Feuer auf der Haut brennt.

»Hallo … hallo?«, sagt Marie in die Leitung. »Sind Sie noch dran?«

»Ja«, sagt das Mädchen mit zusammengebissenen Zähnen. Sie löscht die Mail. Jetzt ist sie mies drauf. Richtig mies. So mies, dass sie sich wünscht, alle Menschen abzuknallen, die sie jemals schräg angeschaut haben, weil sie kein Hungerhaken ist.

»Ich will nicht mehr leben«, sagt Marie und schluckt ihre Tränen hinunter.

Ich auch nicht, will das Mädchen antworten, tut es aber nicht. Sie schaut sich um und holt tief Luft. Eigentlich müsste sie der Anruferin jetzt die Nummer der Psychologin geben. Sie blickt auf die Visitenkarte. Sie zögert. Sie möchte am liebsten losheulen, schreien, mit den Fäusten auf den harten Steinboden trommeln. Und dann kehrt sich dieses Gefühl um. Ganz plötzlich. Innerhalb einer Sekunde. Hass. Ein irres Lächeln huscht über ihr Gesicht. Hass. Vielleicht dreht sie jetzt durch. Vielleicht ist das die Lösung für alles: durchdrehen. Das tun, was keiner erwartet. Sie atmet tief durch, schließt kurz die Augen. Wieder dieses seltsame Lächeln.

»Wie willst du dich denn umbringen?«, fragt sie kühl.

»Wie ... wie bitte? Wie ich ... wie ich mich umbringen will?«

»Ja, was für eine Art von Abgang schwebt dir vor?« Warum fühlt sich das so gut an? Warum tut ihr die Anruferin nicht leid? Was passiert da mit ihr?

»Ich ... ich weiß nicht?« Marie flüstert beinahe.

»Ich sag dir mal was: Bei den meisten Mädchen klappt es nicht, weil sie es nicht richtig wollen. Jungs sind da besser. Du musst es richtig wollen, verstehst du? Am besten, du besorgst dir 'ne Waffe oder Insulin oder springst von der höchsten Brücke, die du kennst. Und mach es nicht zu Hause. Das geht meist nach hinten los. Jemand findet dich und du landest in der Psychiatrie.« Stille.

»Interessiert Sie denn gar nicht, warum?«

»Darf ich raten? Ich tippe auf Liebeskummer. Hat dich dein Freund mit einer anderen betrogen?«

»Nein.«

»Wirst du zu Hause geschlagen?«

»Nein.«

»Bist du hässlich?«

»Ich dachte, Sie ... Sie wollen mir helfen?«

»Natürlich will ich das. Ich will dir helfen, die richtige Entscheidung zu treffen.« Das Mädchen starrt auf das Kruzifix an der Wand. Warum soll sie anderen helfen? Ihr hilft doch auch keiner. Ist doch Quatsch, sich für andere aufzuopfern. Ein guter Mensch zu sein. Wer kümmert sich denn um sie? Wer interessiert sich für ihr Scheißleben? Dicke sind immer gute Kumpel. Immer gut gelaunt. Immer für andere da.

Ihr könnt mich alle mal!

»Mach es nicht so spannend, sag endlich, was Sache ist!« Ihre Stimme klingt unbarmherzig, als dulde sie keinen Widerspruch.

»Ich will mir die Pulsadern aufschneiden.« Marie atmet tief durch, nachdem sie das gesagt hat. Am anderen Ende der Leitung hört es sich wie eine Windböe an, die über einen See bläst und eine kräuselnde Spur auf der Wasseroberfläche zurücklässt.

»Aha«, sagt das Mädchen in die Pause. Ihr Atemrhythmus passt sich dem von Marie an. Innerhalb von Sekunden. Der Herzschlag dauert länger. Sie stellt sich vor, wie Blutspritzer den Boden, die Möbel und die Wände überziehen. Und diese Bilder machen ihr keine Angst. Diesmal machen sie ihr keine Angst. Wie kann das sein? Ihr wird nicht schlecht. Kein bisschen. Kein flaues Gefühl in der Magengegend. Sie ist geheilt. Ein Wunder! Doch dafür verliert sie jetzt den Verstand. Ohne Ausgleich geht es nicht. Sogar den metallischen Geschmack frischen Blutes schmeckt sie auf der Zunge. Eine Sinnestäuschung. Ein Tagtraum, gefolgt von einer Erinnerung. Bei einem Diät-Kochkurs ist sie mit dem Messer abgerutscht. Die Spitze hat sich in die Kuppe ihres Zeigefingers gebohrt. Sie erinnert sich an das Blut auf dem Holzbrettchen, an die besudelten Gurken. Sie war einfach umgekippt. Und jetzt sieht sie vor ihrem inneren Auge kleine Rinnsale, ein Flussdelta aus Blut, das sich in die Kanalisation ergießt. Sie schaut auf zum gekreuzigten Jesus. Keine Spur von Unwohlsein. Genugtuung darüber, dass es Menschen gab und gibt, denen es noch beschissener geht als ihr. Sich umbringen. Natürlich hat sie schon mal dran gedacht. Wer denn nicht? Aber sie würde es nicht fertigbringen. Sie hat immer noch Hoffnung, dass diese Phase vorübergeht. Eine kleine Durststrecke in ihrem Leben, auf die sie eines Tages zurückblicken kann. Froh darüber, durchgehalten zu haben.

»Sind Sie noch dran?«, fragt Marie.

»Ja, sicher.« Von oben hört das Mädchen den Knabenchor singen. Die Probe hat pünktlich begonnen. Obwohl die Stimmen hier unten dumpf klingen, holen sie das Mädchen zurück in die Wirklichkeit. Hass ist keine Lösung, denkt sie und sagt vorsichtig: »Also, Pulsadern aufschneiden ist keine gute Idee. Können wir noch mal über das Warum sprechen?«

»Ich glaub, ich leg lieber auf.«

Plötzlich hat das Mädchen ein schlechtes Gewissen. Wie konnte sie nur so kalt sein? Was ist nur mit ihr los? »Nein, tu das nicht«, sagt sie ruhig. Sie beißt sich auf die Lippe. »Es gibt für alles eine Lösung. Bitte leg nicht auf. Bitte.«

2. WER IST DEIN HELD?

Yoshua

Yoshua ist nervös. Er betritt das Internetcafé am Olgaeck. Ständig fährt er sich mit der Hand durchs Haar. Wer ihn nicht kennt, könnte ihn für arrogant halten. Seine braunen Augen wandern unruhig umher. Kein freier Platz in Sicht. Er will wieder umkehren. Ein heller Schmerz durchbohrt sein Knie. Abrupt bleibt er stehen, beißt die Zähne zusammen und zählt in Gedanken bis drei. Länger dauert es selten. Drei Sekunden. Aber die können die Hölle sein.

»Alles okay bei dir?«, fragt ein tätowierter Mann und schiebt Yoshua einen Barhocker hin. »Setz dich.« Er verschwindet hinter der Theke.

»Ist gerade nix frei, oder?« Yoshua reibt sich das verletzte Knie. Der Mann zeigt an ihm vorbei. »Die Zwei müsste gleich fertig sein. Was zu trinken? Oder Eis? Zum Kühlen?«

»Danke.« Yoshua schüttelt den Kopf. »Geht schon.« Seine Locken folgen der Bewegung.

Vor der Zwei sitzt ein Mädchen. Ihr Gesicht wird von einem Betonpfeiler verdeckt. Sie trägt zerschlissene Sneakers mit neonfarbenen Schnürsenkeln.

»Kommste öfter, lohnt sich 'ne Guthabenkarte.« Der Mann hält Yoshua die Preisliste hin.

»Nur 'ne halbe Stunde.«

»Fünfzig Cent.«

Yoshua legt eine Münze auf den Tresen. Der Mann reicht ihm den Zettel mit den Zugangsdaten.

»Die Zwei«, sagt der Mann.

»Was?«

»Ist jetzt frei.«

»Ach so.« Aus dem Augenwinkel sieht Yoshua, wie das Mädchen aus der Tür geht. Das Gegenlicht schluckt die Details. Er humpelt hinüber zu dem frei gewordenen Platz.

Die Tastatur klebt. Unter dem Tisch springt die Festplatte an. Ein Surren. Es dauert einen Augenblick, bis der Cursor reagiert. Schwerfällig öffnet sich der Browser. Yoshua blickt sich verstohlen um. Er zieht seinen USB-Stick aus der Hosentasche und steckt ihn in den Port an der Vorderseite. Vier Gigabyte, kaum größer als ein Fingernagel. Der Typ neben ihm lädt ein paar Fotos von seinem Kamera-Chip. Partybilder. Für siebzig Cent kann man sie hier gleich ausdrucken lassen. Yoshua streckt sein verletztes Knie. Er versucht, sich zu konzentrieren. Der Schmerz kehrt zurück. Eine dumpfe Erinnerung.

Fünf Minuten dauert es, bis er die beiden Sperren deaktiviert hat und sein Programm installieren kann. Yoshua beschwört den Geist der leblosen Rechenmaschine. Mal seh'n, ob die neue Version besser funktioniert. Ein Fenster geht auf. Ein Chatprotokoll erscheint auf dem Bildschirm. Ein Grinsen breitet sich über Yoshuas Gesicht aus. Von West nach Ost. Er schaut nach rechts. Fühlt sich beobachtet. Der Typ neben ihm fängt seinen Blick auf und lächelt. Yoshua lächelt zurück. Warum sollte er ein schlechtes Gewissen haben? Er wird nur ein paar Zeilen lesen. Keine große Sache. Nur ein paar Zeilen. Ein bisschen rumschnüffeln, schauen, ob es auch bei anderen Chatrooms funktioniert, und wieder raus. Unbemerkt. Wie ein Phantom, das keiner sehen kann.

TRAIN: Die Zeit ist abgelaufen. Ab jetzt gibt es kein Zurück mehr.

WHISPER: Habt ihr schon besprochen, wo wir es tun werden?

SAILOR: Du hast es aber eilig.

TRAIN: Bin noch auf der Suche nach einem geeigneten Ort.

SAILOR: Vielleicht auf einem Berg.

TRAIN: Nein. Es muss hier in der Nähe sein. Wird sonst zu kompliziert.

SAILOR: Train, du bist also auf die Idee gekommen, den Chat einzurichten?

TRAIN: Nein. Gott.

SAILOR: Sehr witzig.

WHISPER: Wir sind also zu dritt?

TRAIN: Ja.

WHISPER: Und das bleibt auch so?

TRAIN: Die anderen Bewerber sind durchgefallen.

SAILOR: Fährt ihr Erzeuger nicht das richtige Auto?

TRAIN: Danach hab ich nicht ausgewählt.

SAILOR: Aber gefragt.

TRAIN: Tut nichts zur Sache.

WHISPER: Du bist also ein Junge?

TRAIN: Nein. Ein Mensch. Das muss vorerst genügen.

WHISPER: Wie sieht der weitere Plan aus?

TRAIN: Ich bestimme den Ort. Den Zeitpunkt könnt ihr dann festlegen.

SAILOR: Ich könnte uns Schlaftabletten besorgen.

WHISPER: Kann nicht gut schlucken.

SAILOR: Schon mal was von Zerkleinern gehört?

TRAIN: Wir werden springen.

Nidal

Er kennt diesen Ort, diesen Raum. Ein seltsames Gefühl kriecht in seinen Körper. Jedes Mal. Irgendwie scheint es hier drin stiller zu sein als im Rest der Schule. Stiller als irgendwo. Eine Insel. Dieser Vergleich kommt ihm in den Sinn. Davon hat er schon oft geträumt, von einer Insel. Mit Palmen, Kokosnüssen und kitschigen Sonnenuntergängen. Doch er ist zu feige, loszuschwimmen. Er hat Angst vor dem, was unter der Wasseroberfläche lauert. Deshalb bleibt er am Ufer. Er weicht zurück, wenn sich die Brandung nach ihm ausstreckt, um ihn mitzureißen.

Es ist nicht der vorwurfsvolle Blick des Rektors. Nicht das anhaltende Schweigen. Nur die Stille. Die macht Nidal ganz krank. Sie treibt seinen Puls an. Die Stille wird von den Bücherregalen zurückgeworfen und überzieht seine Haut mit einem unangenehmen Kribbeln. Folter. Er krallt seine Finger noch fester in die Sessellehnen.

»Du willst also nicht sagen, warum du die Tür angekokelt hast?« Die Stimme des Rektors klingt gefasst. Sie ist nicht tief, aber trotzdem fest. »Du hast dich doch bestens integriert. Die Lehrer sind zufrieden. Warum möchtest du um jeden Preis auffallen? Woher kommen diese Aussetzer? Erst verprügelst du einen Schüler, dann schwänzt du die Schule und arbeitest im Supermarkt, und jetzt so etwas.« Seufzend tritt er vor das Fenster.

»Ich will nicht auffallen«, sagt Nidal leise. Seine Gelenke versteifen sich. »Ich … ich …« Resigniert senkt er den Blick. Es geht einfach nicht. Kein weiteres Wort kommt über seine Lippen. Die Grenze. Sie kann nicht überschritten werden. Nicht heute. Vielleicht niemals. Die Wachen haben ein Auge auf ihn. Sie warten nur darauf, dass er sich dem Tor – der Lücke in der Mauer – nähert. Und dann … dann werden sie schießen. Das ist ein Befehl. Niemand kann so einfach die Seite wechseln.

An den Scheiben kleben Drachen. Lächelnde Fratzen. Oder lachen sie ihn aus? Tun sie das? Nidal kann sich nicht erinnern, jemals einen Drachen gebastelt zu haben. Vielleicht im Kindergarten, aber das ist zu lange her, um zu wissen, ob es Spaß gemacht hat.

Plötzlich sehnt er sich danach, wieder ein Kind zu sein. Zu spielen. Ohne all die Gedanken.

Der Rektor lässt nicht locker. Warum? Erneut fragt er Nidal. Erneut antwortet der mit einem Schulterzucken.

»Bis zu den Herbstferien wirst du den Putzfrauen zweimal die Woche zur Hand gehen. Dienstags und donnerstags. Ich möchte, dass du dich beim Hausmeister meldest. Fünf Minuten nach eins. Eine Minute später und es gibt einen Verweis!«

»Sicher«, zischt Nidal. »Dann bin ich unter meinesgleichen.«

Der Rektor dreht sich um. »Warum willst du mich provozieren? Du hast ein Stipendium bekommen, weil du intelligent bist, weil du die Chance verdient hast, hier ausgebildet zu werden und etwas zu erreichen. Du bist alt genug, um selbst Verantwortung zu übernehmen. Für dein Leben. Auch wenn du nicht mit einem goldenen Löffel gefüttert wurdest. Hier zählt nur deine Leistung. Also reiß dich gefälligst zusammen! Das nächste Mal *muss* ich dir einen Verweis geben.«

Sammy

Sammy wischt sich den Mund ab. Die Flasche ist leer. Carla beschwert sich darüber, dass sie nichts abbekommen hat. Matthis bringt sie mit einem Zungenkuss zum Schweigen. Gleich geht es los. Gleich befällt der Alkohol Sammys Körper. Es fängt im Gesicht an. Immer im Gesicht. Mit dem Finger berührt sie ihre Haut, um den Moment zu spüren, in dem sie taub wird. Merkwürdig. Ob das anderen auch so geht? Sie nuckelt an der

Flasche. Die letzten Tropfen gießt sie ins Feuer. Vierzig Prozent Alkohol. Kleine Explosionen, die keiner bemerkt. So unbedeutend wie mein eigenes Leben, denkt sie. Nichts bleibt zurück, nur ein Häufchen Asche, und das war's. Kein Blumenmeer wie bei Lady Di, kein Abschiedskonzert wie bei Michael Jackson. Keine Meldung in den Nachrichten.

Fuck!

Sie versucht, das Drücken in der Magengegend zu ignorieren. Bloß nicht kotzen. Ihr Blick ist in die Dunkelheit gerichtet. Hinter der Schrebergartensiedlung steigt das Gelände zu einem Hügel an. Auf der Krone verläuft die S-Bahnlinie. Alle fünfzehn Minuten ein kleiner Windstoß und das Geräusch von Rädern, die sich schabend bergauf ziehen. Wie ein Messer, denkt sie, ein stumpfes Messer, das an der Unterkante einer Porzellantasse gerieben wird, um es wieder scharf zu machen. Das hat ihr die Oma gezeigt. Etwas Nützliches, keine unbrauchbare Theorie. Ihre Gedanken springen. Das ist immer so, wenn sie getrunken hat. Sie fällt zurück auf ihrem Zeitstrahl, der sie von Geburt an wie ein Schatten begleitet. Die Fahrt verlangsamt sich. Eine Erinnerung. Ausgewaschene Farben. Blätterrauschen. Keine passenden Gerüche. Nach der Schule haben sie einmal neben der Bahnlinie gestanden. Da ist sie vielleicht sieben oder acht Jahre alt gewesen. Eine Mutprobe sollte es sein. Einer musste sein Ohr auf den Schienenstrang legen und die Augen schließen, während die anderen laut zählten. Sie hat es ihnen gezeigt. Bis zwanzig ist sie gekommen. Dann hat jemand sie weggerissen. Vielleicht ist ihr damals schon alles egal gewesen. Vielleicht wollte sie auf die Welt mit all den Regeln und Pflichten, den Erwartungen und Prüfungen scheißen. Vielleicht ist da etwas in ihr, eine Art Virus, ein verschlüsselter Code, der sie vor all dem bewahren will, und jetzt hat sie ihn geknackt. Jetzt will sie Schluss machen.

Sammy taumelt an der Böschung unterhalb der Bahnlinie entlang, bis zu einer schmalen, moosbewachsenen Betontreppe, die nach oben führt. Sie fühlt sich benommen vom Alkohol. Sie hat schnell getrunken. Sehr schnell. Mit Absicht. Noch ein paar Minuten, dann entfaltet sich die volle Wirkung. Sie kann es kaum erwarten. Sie muss sich konzentrieren, um nicht über die eigenen Füße zu stolpern. Ihre Gedanken werden klarer. Seltsam. Trotz des einsetzenden Schwindels. Obwohl der letzte Tanz beginnt. Oben angekommen, schaut sie zurück. Sie muss sich mit den Händen an einem Strauch festhalten. Sie sieht das Feuer. Sie inhaliert den würzigen Geruch. Funken stieben in den Nachthimmel, verbinden sich damit und werden zu neuen Sternen geboren. Diese Vorstellung gefällt ihr. Ein Hoffnungsschimmer. Vielleicht wird sie eines Tages auch ein Stern sein und auf die Erde herableuchten, selbst wenn sie längst verglüht ist.

Die Musik – ausgerechnet ein Song von Coldplay – vermischt sich mit dem Geräusch ihres schweren Atems. Sie schlüpft aus ihren Schuhen, kniet nieder und legt den Kopf auf die matt glänzende Schiene. Dann beginnt sie zu zählen.

Der S-Bahnführer

»Sie haben die Gestalt also auf den Gleisen gesehen?«, fragt die Psychologin. Sie trägt ein dunkles Kostüm und hohe Stiefel. An ihren Kleidern haftet der Geruch der letzten Zigarette. »Gebückt wie in einem Cowboyfilm?«

Vor ihr sitzt ein Mann. Untersetzt, graues Haar, Holzfällerhemd. Er nickt. »Wie ein Indianer, der sein Ohr auf die Schiene legt, um den Zug zu hören.« Er neigt seinen Kopf zur Seite.

»Wir sprechen also von einem Mann?«

»Das hab ich nicht erkannt. Auf dem Abschnitt fahr ich fast hundert. Wenn's dunkel ist, rauscht alles nur so vorbei.«

»Aber Sie haben nicht gleich gebremst?«

»Nein. Das ist – das *war* – unmöglich. Auf jeden Fall im ersten Moment.« Der Mann schüttelt energisch den Kopf. *Die Frau hat doch keine Ahnung. Warum setzen sie ihm ausgerechnet so eine aufgetakelte Modepuppe vor die Nase?* »Das hätte nie und nimmer gereicht. Bei der Geschwindigkeit. Und die Abteile waren ja alle voll. Die letzte S-Bahn ist immer voll, wenn Sommerfest ist.« Die Stimme des Mannes beginnt zu zittern. »Warum tut jemand so was!« Wütend schlägt er mit der Faust auf den Tisch. »Warum will der einen andern, einen Unschuldigen, mich, da mit hineinziehen? Ich will kein Mörder sein, verstehen Sie? Ich hab das bei einem Kollegen miterlebt, der zittert vor jeder Nachtschicht.«

»Beruhigen Sie sich. Man hat an der Stelle nichts gefunden. Vielleicht war es nur ein Tier. Ein Wildschwein oder ein Reh.«

Der Mann schüttelt den Kopf. »Es war ein Mensch. Da bin ich mir ganz sicher.«

»Aber Sie haben kein Geräusch gehört? Keinen Aufprall?«

»Nein, hab ich nicht.«

»Ich kann Ihnen versichern, dass auf dem gesamten Streckenabschnitt nichts gefunden wurde, was darauf hinweist, dass es zu einer Kollision gekommen ist. Auch an der Lok wurden keine Spuren entdeckt.« Die Frau macht sich Notizen. Nach einer Weile schaut sie wieder auf und sagt mit weicher Stimme: »Wollen Sie, dass ich Sie für ein paar Tage krankschreibe?«

»Nein, nein. Krank bin ich nicht. Noch nicht. Ich will nur wissen, warum diese Menschen das tun. Warum sie andere Leute da mit hineinziehen. Sollen sie sich doch zu Hause um die Ecke bringen. Aber nicht auf meine Kosten. Nicht so.«

»Ich werde mit Ihrem Vorgesetzten sprechen, dass er Sie vorerst nicht mehr bei Nacht einsetzt.« Die Frau sucht Blickkontakt. »Sind Sie damit einverstanden?«

Der Mann nickt.

Sammy

Sammy ähnelt ihrer Mutter. Ein Umstand, den sie nicht mag. Jeder spricht sie darauf an. Dieselbe kleine Nase, die runde hohe Stirn, die wegen ihres hellen Teints an eine Porzellanpuppe erinnert. Eine Porzellanpuppe mit langen Wimpern und auffällig blonden Haaren. Wenn sie lacht, blitzen gleichmäßige weiße Zähne auf. Für Fremde hübsch anzusehen und auch irgendwie glaubwürdig, aber die Leute, die sie besser kennen, wissen, dass es nicht mehr gibt, nur dieses eine, abgenutzte Lachen, bei dem sich außer dem Mund kein Muskel bewegt. Auch jetzt, wo sie wie ein Embryo im Krankenbett liegt und von der Stimme der Schwester geweckt wird, zeigt sich kaum eine Regung in ihrem Gesicht. Sie wirkt orientierungslos. Ein einzelner Speichelfaden klebt am Kissen. Er dehnt sich und reißt. Sie will sich mit dem Handrücken über den Mund wischen, als sie die Nadel in ihrer Vene entdeckt. Der Tropf mit Kochsalzlösung ist durchgelaufen. Das Plastik hat sich zusammengezogen. Unterdruck.

»Deine Mutter kommt gleich«, sagt die Krankenschwester. Sammy glaubt zu bemerken, dass sie den Kopf dabei schüttelt. Vielleicht will sie ihr zeigen, wie beschissen sie ihre Aktion findet.

»Kannst du uns bitte kurz alleine lassen?«, flüstert eine Stimme. Sammys Mutter. Ausdruckslos steht sie vor dem Krankenbett. Unter ihrem linken Auge zittert die Haut.

»Ich möchte eine Erklärung.«

»Wozu?«

»Weil ich es kapieren will. Ich will kapieren, was in deinem Kopf vor sich geht. Warum hast du das getan? Warum musst du jede Grenze überschreiten?«

»Schämst du dich für mich?«

»Was willst du hören, Samira? Was erwartest du von mir?«

»Hätte dir wohl besser gefallen, wenn sie mich gleich in die Pathologische gebracht hätten. Wäre ein Problem weniger.«

»Warum tust du das?« Ihrer Mutter versagt die Stimme. Sie muss sich räuspern. »Was haben wir falsch gemacht? Warum führst du dich so auf? Dein Vater wird dich aufs Internat schicken. Du weißt, dass er das tun wird.«

»Soll er doch! Hat ja bei Sebastian super funktioniert.«

»Hier geht es nicht um deinen großen Bruder, sondern um dich.«

»Und was ist mit dir? Bist du glücklich? Schau dich doch an, wie fertig du aussiehst! Was findest du denn so toll an diesem Leben? Die heile Familie. Die Liebe von Papa. Den Cognac am Abend. Ist doch krank, dass ausgerechnet *du* mir sagen willst, wie ich zu sein habe. Ich bin wenigstens ehrlich. *Ehrlich*, wenn du dieses Wort überhaupt noch kennst.«

»Dein Vater hat dich gewarnt!«

»Wann? Vor drei Wochen? Oder ist es schon wieder zwei Monate her, dass er sich mit mir unterhalten hat?«

»Ich muss jetzt zur Visite. Wir reden heute Abend weiter. Doktor Weiß kommt gleich zu dir.«

»Der tolle Dr. Weiß. Oh, wie schön. Dietmar. Nenn ihn doch einfach Dietmar, oder Didi.« Sammy bricht in höhnisches Gelächter aus.

»Hör damit auf! Das verstehst du nicht.«

»Nein, wahrscheinlich bin ich zu jung, um das zu kapieren. Euer Scheißspiel. Deshalb geh ich jetzt auch.« Sammy reißt sich die Nadel aus dem Handrücken. Sie blutet. Die Bettdecke fällt zu Boden. Sie schaut an sich herab. »Hast du das veranlasst?« Sammy zupft am Bund einer unförmigen Windel, die wie ein nasser Sack zwischen ihren Beinen klebt.

»Das machen wir bei allen, die sich ins Koma saufen. Damit sie draus lernen.«

»Draus lernen. Das sagst ausgerechnet du.« Sammy schlüpft aus der Windel. Ihre Bewegungen sind steif. Ein leichtes Schwindelgefühl überkommt sie. Ihre Mutter greift ihr unter die Arme.

»Lass mich!«, wehrt Sammy ab. »Ich schaff das alleine.« Schwankend verlässt sie den Raum.

Nidal

Samstagnacht. Vor der Diskothek hat sich eine lange Schlange gebildet. Lichtkegel huschen im Formationsflug über tief hängende Wolken. Autos suchen nach Parkplätzen. Die Dunkelheit schmeckt hochprozentig. Nidal hockt auf dem Beifahrersitz. Gut gelaunt. Ohne Zweifel. Er beugt sich nach vorne. Er schaut in den Nachthimmel. Er weitet die Augen. »Eine Invasion steht uns bevor.« Er verstellt seine Stimme. Soll klingen wie der Sprecher eines Hollywood-Trailers. Er macht eine ausladende Handbewegung. »Die Schwingen der dunklen Macht breiten sich aus. Sie wollen den Blauen Planeten eliminieren.«

»Warum redest du so scheiß geschwollen?«, will Patty wissen, die Hand lässig am Lenkrad.

»Ist doch jetzt was Besseres, unsere Niete!«, ruft ein anderer und trommelt gegen Nidals Kopfstütze.

»Nenn mich nicht Niete!« Nidal dreht sich um. Er kneift die Augen zusammen. Eine Drohung.

»Mach dich locker.« Patty stößt Nidal kumpelhaft gegen die Schulter. Der Wagen fährt durch ein Schlagloch. Stille. Die CD fängt sich wieder. Dumpfes Basshämmern. Schweigen. Patty drückt kurz aufs Gaspedal. Rollsplitt spritzt knisternd zur Seite. Die Diskothek kommt in Sicht. Sie kurbeln die Scheiben herunter. Beinahe synchron. Ein Ritual. Eine Choreografie, die sie aus irgendeinem Gangsterfilm haben. Nidal setzt seine Ray-Ban-

Sonnenbrille auf. Er lächelt nach hinten. Ist als Versöhnung zu verstehen. Den rechten Ellenbogen lehnt er nach draußen. Die Show beginnt. Gemächlich tuckern sie über den großen Parkplatz. Die ersten Leute drehen sich nach ihnen um. So muss es sein. Zufriedenes Grinsen macht die Runde.

Nidal steigt aus. Wieder hat er dieses seltsame Gefühl. Es kommt ihm vor, als würde er sich selbst dabei zusehen, wie er zum blinkenden Eingang der Diskothek schreitet. Wie ein Schauspieler, denkt er. Wie ein verdammter Schauspieler. Er schnippt die glimmende Zigarette zur Seite. Auch das eine einstudierte Geste. Es muss cool aussehen. Nicht zu weich. Kein abgewinkeltes Handgelenk. Eine harte, kurze Bewegung. Die Leute sollen ihm Platz machen, Respekt haben. Respekt ist überhaupt das Wichtigste, findet er. Politiker, Fußballstars, Sänger. Vor denen hat man Respekt. Warum nicht vor ihm? Nur weil er in einer schäbigen Wohnung lebt? Nur weil sein Vater am Band arbeitet? Nur weil seine Mutter ihre Familie liebt und nicht Karriere machen will?

Ihr könnt mich mal!

Er geht mit seinen Freunden an der Schlange vorbei. Aus dem Augenwinkel sieht er den Neid in den Gesichtern der Wartenden. Etwas Besonderes sein. Jeder träumt davon, etwas Besonderes zu sein. Vielleicht aus unterschiedlichen Gründen, aber trotzdem will keiner untergehen, ohne einmal diese Wärme gespürt zu haben, wenn sich fünfzig Augenpaare auf einen richten.

Der Türsteher klatscht jeden von ihnen ab, wobei er die Hand seines Gegenübers kurz zusammenquetscht, als sei sie ein Fitnessgerät. Ein heller Schmerz, den man mit unbewegter Miene parieren muss. Auch das eine ungeschriebene Regel. Genau wie die harte Umarmung. Sie ist Teil zwei des Begrüßungsrituals.

»Schau dir die Wichser an«, sagt Patty. Sie stehen auf der Empore, im abgesperrten VIP-Bereich, und starren hinunter auf die wogende Masse. Patty ist ein begnadeter Tänzer. Vielleicht der beste der Stadt. Ein großes Talent. Hat sich sein ganzes Leben nur Musikvideos angeschaut und Choreografien gelernt. Zum Verhängnis wurde ihm seine Vorliebe für fettige Burger. Mit hundertdreißig Kilo auf den Rippen kann man sich bewegen wie Michael Jackson, die Zuschauer haben trotzdem nur eine tanzende Götterspeise vor Augen.

»Hol die Scheißschwuchtel von der Box!«, brüllt Patty. Seine Stimme überschlägt sich beinahe. Er fixiert einen schlanken Typen, der auf den Subwoofer in der Mitte der kreisrunden Tanzfläche gestiegen ist und seinen Körper wie eine Gummi-puppe in die harten Beats legt. Im Schwarzlicht strahlen seine Zähne grellweiß. Patty kippt seinen Wodka-Bull hinunter und läuft hinüber zur gläsernen Treppe. Nidal hält ihn an der Schulter fest, bevor er die erste Stufe erreicht.

»Lass ihn. Wenn du Stress machst, kommen wir nicht mehr rein.«

»Das sagt der Richtige.«

»Nicht hier drin, okay?«

Begleitet von einem lauten Zischen stoßen die Nebelmaschinen Rauch aus. Laserstrahlen durchschneiden die Luft. Die Menge beginnt zu kreischen, als die Snaredrum sich auf hundertsechzig Beats hochschraubt. Patty muss husten.

»Sollen wir kurz rausgehen?« Nidal deutet mit dem Kopf zur Tanzfläche. »Schau, der Typ ist verschwunden.«

»Scheißschwuchteln«, sagt Patty. »Müsste man alle abknallen.«

Auf der Bassbox tanzen nun zwei Frauen. Um sie herum for-miert sich ein Kreis. Gejohle übertönt die monotone Techno-nummer. Die umstehende Menge versinkt in Nebelschwaden, während die Mädchen auf ihrer kleinen Insel thronen.

»Irgendwann … ich sag dir, irgendwann kommen die alle ange-krochen. Sobald ich in den Handyshop von meinem Onkel ein-steig und fett Kohle mach, stehen die Superfrauen Schlange.«

»Sicher.«

»Und du … du machst dann 'ne Kette draus.« Er zieht Nidal kumpelhaft zu sich heran. »So wie Starbucks, weißt du? Das ganz fette Ding. In jedem Scheißkaff ein Laden. Dir würde ich vertrauen. Du wirst bestimmt mal so ein Wirtschaftstyp. So 'n Superchecker, der Leute einstellt und feuert und mit lauter wichtigen Typen rumhängt.«

»Klingt gut«, sagt Nidal.

Patty wischt sich den Schweiß von der Stirn. Aus der Innentasche seiner Jacke zieht er einen Inhalator und nimmt einen tiefen Zug, um wieder freier atmen zu können. Danach lässt er sich auf eine der blinkenden Stufen sinken.

»Soll ich uns noch was holen?«, fragt Nidal.

»Wie krass.« Patty fixiert die tanzenden Frauen. »Die ziehen sich bestimmt gleich aus.«

»Wodka-Bull?«

»Ohne Eis. Ist sonst nur Wasser. Die zocken einen voll ab, wenn man nicht aufpasst.« Patty zieht einen Geldschein aus der Hose. Nidal lehnt ab. »Du zahlst die nächste Runde.«

»Irgendwann krieg ich euch alle!«, ruft Patty und endet in einem tiefen Seufzer.

Nidal hat Mühe, durchzukommen. Der VIP-Bereich ist brechend voll. Obwohl man auch hier oben für seine Getränke bezahlen muss. Nur die Snacks sind umsonst, und manchmal wird Gratissekt ausgeschenkt. Das weiße Stoffbändchen, das jeder ums Handgelenk trägt, bedeutet nur, dass man jemanden kennt, der hier arbeitet, oder an einen der Gutscheine gekommen ist, die jeden Monat verlost werden. Mehr nicht. Wenn man auf die Tanzfläche geht, leuchtet das geschwungene Logo. Jeder kann sehen, dass man dazugehört. Zu denen da oben. Wenn auch nur für diese Nacht.

Es dauert zehn Minuten, bis Nidal sich an die Bar vorgekämpft hat. Er fragt sich, woher die Leute das Geld haben, sich flaschenweise mit teurem Alkohol zu versorgen. Er kann sich gerade mal zwei Getränke leisten, und das auch nur, weil er im Supermarkt Regale auffüllt und dafür regelmäßig einen Anschiss kassiert. Zu langsam, falsch sortiert. Sein Chef findet immer irgendwas, wenn er miese Laune hat.

Nidal gibt fünfzig Cent Trinkgeld. Das hält er für angemessen bei zwei Getränken. Als er sich umdreht, blickt er direkt in das Gesicht des Typen, den Patty vorhin verprügeln wollte. Er trägt ein helles, eng anliegendes Hemd über einer ausgewaschenen Jeans. Seine schwarzen Haare fallen ihm in Fransen in die Stirn. Er hat weiche Gesichtszüge. Ihre Blicke kreuzen sich. Nidal spürt einen Stoß von hinten. Seine Getränke schwappen über. Bei dem Versuch, Schlimmeres zu verhindern, verliert er das Gleichgewicht. Der Typ greift nach seiner Schulter, will ihn stützen. Die Gläser fallen zu Boden. Nidal zögert eine Sekunde, dann schlägt er zu.

3. WEN WIRST DU VERMISSEN?

Marie

Marie kann es nicht fassen. Eine kirchliche Hotline, die Anrufer zum Selbstmord anstiftet. Unglaublich. Es gibt so viele kranke Leute auf der Welt. Sie zerknüllt den Flyer, wirft ihn in den Papierkorb und hält inne. Worüber regt sie sich eigentlich auf? Sie wollte doch gar nicht, dass man ihr hilft. Das war nicht der Plan. Eigentlich ging es ihr doch nur darum, eine Stimme zu hören, jemanden, der das Warten für wenige Minuten erträglicher macht. So gesehen hat es funktioniert.

Sie lehnt sich zurück und schließt die Augen. Tausend Mal hat sie das Für und Wider abgewogen. Tausend Mal die unterschiedlichen Möglichkeiten durchgespielt. Immer mit demselben Ergebnis: Sie muss gehen. Jeder Tag, den sie länger wartet, erschwert den Abschied. Sie faltet den Brief, schiebt ihn in ein Kuvert und lässt ihn in der Schublade verschwinden. Nur Auslöschen wäre ein Ausweg. Das Gehirn formatieren und von vorne beginnen. »Emma«, sagt sie leise. »Emma.« Das klingt so schön. So hoffnungsvoll. Vor ihr in einer Glasvase steht eine Tulpe. Sie beginnt zu welken. Die Farben sind bereits verblasst. Das Wasser ist getrübt. Mit Daumen und Zeigefinger reißt sie ein einzelnes Blatt aus der Blüte. Hoffentlich geht der Tod schneller als das Sterben.

Es klopft an der Tür. Maries Kopf fährt herum. »Ja.«

Ihre Mutter tritt ein. Eine schlanke Frau mit großen Ohrringen und hellem Make-up. Sie zieht den Staubsauger hinter sich her.

»Mach ich selber«, sagt Marie und zwingt sich zu lächeln. »Nachher.«

Ihre Mutter stellt den Staubsauger neben den Schreibtisch. »Immer noch Liebeskummer?« Sie macht einen Schritt in Maries Richtung und streicht ihr übers Haar. »Weißt du, man darf sich nicht verrennen. Vor allem, wenn man noch so jung ist wie du. Sollen wir nachher shoppen gehen? So viel wie du die letzten Wochen abgenommen hast. Da muss man sich auch mal was gönnen.«

»Weiß nicht. Eigentlich … Ich …«

»Lass den Kopf nicht hängen. Ich bin wirklich stolz auf dich, dass du das mit dem Essen wieder in den Griff bekommen hast. Ich weiß, wovon ich spreche. Als sich bei mir damals die Hormone gemeldet haben, bin ich auseinandergegangen wie ein Hefeteig. Aber dann hab ich einfach das ganze Süßzeug weggelassen, und schwupp hat sich alles wieder eingependelt.« Sie klopft sich auf die Hüften.

»Du … du siehst ja auch toll aus.«

»Das liegt in der Familie.« Sie zieht Marie zu sich heran und drückt sie ganz fest. »Und jetzt lassen wir Papas Kreditkarte glühen. Der soll ruhig wissen, dass er sich zwei Luxusfrauen ins Haus geholt hat.«

»Aber …«

»Kein Aber. Zieh dir was Hübsches an. In einer halben Stunde. Ich will nur noch kurz unter die Dusche springen.«

Yoshua

Yoshua betritt das Behandlungszimmer. Er ist gut drauf. Das ist sein Tag. Er schaltet sein Handy auf lautlos. Wenn die Chatprotokolle jetzt noch in Echtzeit zu ihm nach Hause übertragen werden, hat er es geschafft! Egal, von wo aus sich der beobachtete Teilnehmer in Zukunft einloggt, er wird mitlesen. Alles. Zeile für Zeile. Wort für Wort. Sein Lehrer wird Augen machen. Als Nächstes wird er versuchen, die wirklich harten Nüsse zu knacken. Keine amateurhaft gesicherten Chats, in denen ein paar Teenager aus Langeweile über Selbstmord debattieren. Davon gibt es Hunderte. Kaum sind die Leute anonym, kommen sie auf die krassesten Ideen. Sie machen sich wichtig, damit sie jemanden zum Quatschen haben und vielleicht ein paar neue Freunde finden. Aber irgendwie ist es auch faszinierend, dass es eine Schattenwelt gibt, die nur in Computern und Glasfaserkabeln existiert. Sobald einer den Stecker zieht, ist Schluss.

Yoshua lehnt sich zurück. Er wundert sich über das Chaos. Akten, Papiere, Modelle von Knochengelenken. Geordnet nach einem unbekannten Prinzip. Wie bei seinem Vater. Aber auch der macht einen guten Job. Wahrscheinlich muss nur im Kopf alles an der richtigen Stelle liegen.

Dr. Buchner tritt ein. Eine kurze Begrüßung. Er setzt seine Lesebrille auf und studiert Yoshuas Befund. »Sieht eigentlich ganz gut aus«, sagt der weißhaarige Mann. »Die Physiotherapie läuft schon?«

Yoshua nickt. »Zweimal die Woche.«

»Ich weiß nicht, was Dr. Fuchs gesagt hat, aber erst die nächsten Monate werden zeigen, ob dein Knie wieder ganz gesund wird.« Er legt den Brief zur Seite. »Das weißt du, oder?«

»Ja, klar.« Yoshua nickt.

»Du bist noch im Wachstum. Und es sind ja zahlreiche Frakturen gewesen. Treibst du Sport?«

»Weniger.«

»Bewegung ist wichtig. Auch wenn es anfangs etwas wehtut. Ist nicht mehr wie früher. Da hätte man die Leute am liebsten einbetoniert.« Dr. Buchner lächelt. Er erhebt sich, klemmt die Röntgenaufnahmen an die Leuchtwand und knipst das Licht an. Yoshuas Kniegelenk ist zu erkennen. »Hat man denjenigen gekriegt, der dich so zugerichtet hat?«

»Gibt nur ein paar Lackspuren. Und der Typ hat Rockmusik gehört.« Yoshua zuckt lächelnd die Achseln.

»Rockmusik.« Dr. Buchner hebt die Brauen. »Aha.«

»Wenn sich kein Zeuge meldet, wird es ohnehin schwierig, hat die Polizei gesagt.«

»Einfach abhauen.« Dr. Buchner setzt seine Lesebrille auf, betrachtet die Röntgenbilder und redet weiter: »Ich versteh' solche Menschen nicht. Du hättest auch …«

»Ich hab Glück gehabt.«

Marie

In der Umkleidekabine riecht die Luft abgestanden. Marie schlüpft aus ihren Sachen und probiert zuerst eine Jeans an. Sie versucht, ihre Gedanken auf diesen Moment, auf das Hier und Jetzt, zu lenken. Doch dann kommt der oberste Knopf. Ihn kann sie nur zumachen, wenn sie den Bauch einzieht. Eine kleine Speckrolle, an der die Haut gedehnt ist, schwappt über den Bund. Mit Daumen und Zeigefinger drückt sie das Stück Fett zusammen. Ihre Mutter steckt den Kopf durch den Vorhang.

»Und, passt die Hose?« Sie schaut auf Maries rechte Hand, die wie eine Zange um den kleinen Hautlappen geschlossen ist. »Soll ich sie 'ne Nummer größer holen?«

Marie öffnet ihre Finger, schüttelt den Kopf und sagt: »Nein, nein, ich glaub, die passt.« Sie setzt ein Lächeln auf. »Muss nur noch ein bisschen abnehmen.«

»Übertreib's nicht. Du siehst toll aus. Was ist mit dem Oberteil? Komm, schlüpf mal rein. Das steht dir bestimmt.«

Marie nimmt die rosafarbene Bluse vom Haken und zieht sie über den Kopf.

»Klasse«, sagt ihre Mutter. »Da wird dein Vater Augen machen. Und erst deine Freunde. Willst du nicht mal wieder ausgehen? Du warst so lange nicht mehr tanzen. Das hat dir doch immer Spaß gemacht.«

»Vielleicht.«

»Zu Hause rumsitzen und Trübsal blasen hilft auch nicht gegen Liebeskummer. Das ist genau das Falsche, wenn du mich fragst.«

»Ich denk drüber nach.« Marie schlüpft aus ihren Schuhen. »Kannst du bitte zumachen? Ich will mich umziehen.«

Marie beobachtet sich im Spiegel. Den Rücken gegen die Wand gelehnt, sinkt sie auf den Boden. Sie schließt kurz die Augen. Pulsierende Schmerzen schieben sich in Wellen durch ihren Körper. Sie fragt sich, ob diese Schmerzen tatsächlich existieren. Vielleicht ist es wie bei einem Menschen, dem man ein Bein amputiert hat. Phantomschmerzen. Brennend. Unsichtbar, aber dennoch vorhanden. Und wenn das Leben eine Täuschung ist? Wenn sie das alles nur träumt? Die Gerüche, die Farben, die Gebäude, ihre Familie. Seltsamerweise macht ihr diese Vorstellung Hoffnung. Alles nur ein Spiel, denkt sie. Alles nur ein großes Theaterstück. Und jetzt ist es an der Zeit, für die letzte Rolle vorzusprechen.

Nidal

»Deine Lippe ist aufgeplatzt«, sagt Patty. »So ein Wichser. Du hättest ihn totschlagen sollen.«

Nidal spürt, wie das Blut in seinen Mund sickert. Er schluckt es hinunter. Er hebt das Kinn, um nicht auf den Sitz zu tropfen.

»Der ruft bestimmt die Bullen«, sagt einer seiner Freunde

lachend von der Rückbank. »Aber die kriegen uns nicht. Wir sind schneller. Lasst uns noch 'ne Runde über die Theo cruisen.«

»Scheißidee!«, fährt ihn Patty an. »Die Bullen warten bestimmt schon.«

»Na und? Wäre doch geil. 'ne Verfolgungsjagd durch die Stadt. Durchs Bohnenviertel. Vorbei an den Nutten. Großes Kino.«

»Sicher. Und dann wieder Sozialstunden. Halt einfach dein Maul.«

»Wir könnten auch ein paar Schwuchteln plattmachen«, sagt ein anderer. »Die stehen doch um die Zeit vorm Kings Club. Einmal durchfahren, und die Seuche ist ausgerottet.«

»Scheißidee«, raunt Patty. »Schau dir Nidal an. Ich glaub, das muss genäht werden. Hat jemand ein Taschentuch? Schnell. Bevor er den Ledersitz versaut. Mein Vater bringt mich um.«

Sammy

Sammy glaubt, dass ihre Stimme nicht schön ist. Zu rau, zu ungezähmt, zu wenig Umfang. Manchmal, wenn die Töne zu hoch werden, muss sie schreien. Aber das tut gut, dieses Schreien. Das ist ehrlich, unverstellt, befreiend. Drei bis vier Minuten loslassen. Drei bis vier Minuten angekommen sein. Bei sich, bei dem Song, bei der Band. Aber der letzte Akkord lässt nie lange auf sich warten. Der letzte Akkord muss gespielt werden. Und dann verschwindet auch dieses warme Gefühl von Geborgenheit. Wie eine Freundschaft, die plötzlich zu Ende geht. Die Leere steht schon bereit. Das Vakuum. Ein tiefes Tal, aus dem man ständig herauskriechen muss. Sammy fühlt die Vibration ihrer Stimme. Sie überträgt sich auf ihren Körper. Vielleicht spielt es gar keine Rolle, ob man eine schöne Stimme hat. Man muss die Töne nur mögen, die da aus einem herauskommen. Vielleicht ist das der Trick. Die Lösung. Für alles. Sich zu mögen.

Carla bricht mitten im Stück ab. Das Schlagzeug hämmert weiter, der Bass verstummt. Das Brummen der Verstärker und der Beginn einer Rückkopplung erfüllen den Raum. »Was singst du da eigentlich? Ich hör immer nur ›new life‹ und ›little monsters‹. Muss das alles immer so dark sein?«

»Wenn's dir nicht passt, kannst *du* ja in Zukunft die Texte schreiben.«

»Immer gleich angepisst. Ich fänd's einfach nur cool, wenn auch mal was Positives drin wäre. Oder mehr Ironie.«

»Ich kann nur ehrlich.«

Carla blickt zu den beiden anderen. »Hey, was ist mit euch? Was meint ihr dazu?«

»Hört doch sowieso keiner drauf«, murmelt der hagere Junge und zupft eine Gitarrensaite. »Hauptsache, die Melodie stimmt.«

»Du meinst, ich könnte auch Blabla singen?« Sammy schüttelt den Kopf.

»Nein, aber im Prinzip haben wir doch sowieso keine Mitgröl-Songs und … und das … das find ich auch gut. Wegen mir kannst du ruhig weiter düsteres Zeug schreiben. Wir wollen ja auch nicht ins Radio. Scheiß auf die Kommerz-Kacke.«

»So ist es«, sagt das Mädchen mit den Rastalocken und schlägt auf die Snaredrum. Dann ist es still. Diese Aussage scheint Carla zu beschwichtigen. Sie lächelt zögerlich. Die Schlagzeugerin hält die Drumsticks über den Kopf. »Los! Noch mal ab der ersten Bridge.« Sie zählt ein. Die Rocknummer flutet den Raum. Lauter als ein startendes Flugzeug. Und sie bringen es gemeinsam zum Fliegen.

Nidal

Mit der Zunge ertastet Nidal das Pflaster an seiner Oberlippe. Drei Stiche. Die Ärztin war nett zu ihm gewesen. Er fragt sich, wie sie auf die Wahrheit reagiert hätte. Ein Unfall beim Skateboardfahren, was Besseres ist ihm auf die Schnelle nicht eingefallen. Er hat die Scheißlügerei satt. Er wünscht sich, endlich damit aufzuhören. Aufhören zu können. Es liegt an ihm, reinen Tisch zu machen. Von vorne zu beginnen. Aber das packt er nicht. Das Ende kommt näher. Mit hundert Sachen auf den Asphalt. So könnte es aussehen. Und dazu muss man nur einmal mutig sein. Ein einziges Mal. Nicht jeden Tag aufs Neue. Es ist seine Entscheidung. Jetzt ist der falsche Zeitpunkt. Nie ist der richtige Zeitpunkt. Nie, nie, nie. Er beruhigt sich. Die beiden aus dem Chat wollen es auch tun. Sie meinen es ernst. Gemeinsam werden sie es schaffen.

Er zieht die Beifahrertür auf. Patty und seine Kumpel haben auf ihn gewartet. Sie fragen, ob es im Krankenhaus Probleme gegeben hat. Nidal erzählt von der fehlgeschlagenen Betäubung und den drei Stichen. Vom Schmerz spricht er nicht. »War nur ein leichtes Ziehen«, sagt er und kommt in Fahrt. Eine notgeile Ärztin mit »Supermöpsen« wollte es ihm besorgen. Solche Geschichten verbreiten gute Stimmung. Rafti, ein schwarzhaariger Junge mit dunklen Augen, zieht ein kleines Fläschchen aus seiner Jacke. »Mach mal Licht«, sagt er. Patty drückt auf einen Schalter. Rafti streckt seinen Arm zwischen die Vordersitze und hält das Fläschchen in den Lichtschein. »Damit kriegste jede. Auch die Supertussen, die dich sonst nicht mal mit dem Arsch angucken.«

Patty nimmt ihm das Fläschchen aus der Hand. Kein Etikett verrät seinen Inhalt. »Flüssiges Koks, oder was?«

»Viel besser«, sagt Rafti. »Mischste in 'nen Drink und die Alte will nur noch vögeln.«

»Krass«, sagt Nidal. »Woher hast du das Zeug?«

»Claudio, der Typ, der im Exit hinter der Bar steht, hat es mir besorgt.« Er steckt das Fläschchen wieder ein. »Zwei Stunden die Sau rauslassen und die Alte kann sich an nichts mehr erinnern.«

Yoshua

Er legt sein verletztes Bein auf den Stuhl und klappt den Laptop auf. Sie sind online. Alle drei. Es dauert ein paar Sekunden, bis die Worte auf seinem Bildschirm erscheinen. Manchmal stockt die Übertragung. Dann überlegt Yoshua, wie er auf diese oder jene Frage antworten würde. Meistens liegt er daneben. Es ist nicht leicht, in fremde Köpfe zu blicken.

Erneut stockt die Übertragung. Ungeduldig wartet Yoshua auf den nächsten Satz. Vielleicht sollte er ein digitales Echo installieren, um die Zeit zwischen der Eingabe und dem Erscheinen auf seinem Computer zu ermitteln. Nachher sind es nicht nur Sekunden, wie er vermutet, sondern Minuten.

WHISPER: Können wir nicht einfach den Tag und den Ort festlegen und es tun? Ich mein, bevor sich's noch jemand anders überlegt.

TRAIN: Hab mich noch nicht entschieden. Stehen mehrere Sachen zur Auswahl.

SAILOR: Willst du uns eventuell in die Wahl miteinbeziehen?

TRAIN: Nein.

SAILOR: Sehr demokratisch.

TRAIN: Ich hab den Chat eingerichtet.

SAILOR: Schon gut. Können uns ja glücklich schätzen, dass du uns für »würdig« gehalten hast.

WHISPER: Wenn ihr euch unbedingt streiten wollt, geh ich off.

SAILOR: Nein, Whisper, bleib. Du hast ja recht.

WHISPER: Seid ihr eigentlich männlich oder weiblich?

TRAIN: Spielt das eine Rolle?

WHISPER: Weiß nicht. Würde mich halt interessieren.

TRAIN: Genügt doch zu wissen, dass wir alle etwa aus derselben Gegend kommen, wenn keiner gelogen hat. Hat jemand?

WHISPER: Nein.

SAILOR: Nein.

TRAIN: Können wir uns darauf einigen, nicht zu lügen, weder im Chat noch wenn wir uns eines Tages begegnen? Das wäre mir ein Anliegen.

WHISPER: Aber nur, wenn es erlaubt ist, Fragen abzublocken. Ich mein, dass ich hier bin, bedeutet nicht, dass ich Freunde suche. Ich habe Freunde, aber das hier würden sie nicht verstehen. Das können sie nicht verstehen. Das kann keiner.

TRAIN: Für mich ist das okay.

SAILOR: Für mich auch.

TRAIN: Wenn wir gerade dabei sind, die Spielregeln festzulegen: Ich will noch mal klarstellen, dass ich den Chat nicht zum Spaß eingerichtet hab. Ich hoffe, das ist euch bewusst.

SAILOR: Willst du einen Beweis?

TRAIN: Wofür?

SAILOR: Dass wir es ernst meinen?

TRAIN: Da wir vereinbart haben, nicht zu lügen, genügt mir euer Wort.

WHISPER: Ich will definitiv nicht mehr leben.

SAILOR: Dem schließe ich mich an.

TRAIN: Ich glaube nicht, dass ich erwähnen muss, wie wichtig es ist, keinem von unserem Vorhaben zu erzählen. Sollte jemand auf die Idee kommen, den Chat zu verraten oder nur als netten Zeitvertreib zu verstehen, haben die anderen das Recht, ihn zu töten. Finden werden wir ihn auf jeden Fall!

SAILOR: Übertreibst du's jetzt nicht ein bisschen?

TRAIN: Nein! Ich will nicht in die Klapse, sondern sterben.

SAILOR: Das wollen wir auch!

WHISPER: Ich will ja nicht ungeduldig sein, aber wie sieht denn der ungefähre Plan aus? Sollen wir vom Fernsehturm springen? Haben letztes Jahr welche gemacht. Anscheinend geht das immer noch, wenn man weiß, wo man rausklettern muss.

TRAIN: Fernsehturm ist scheiße. Ich will nicht springen, wo Bäume sind. Nachher geschieht ein Wunder und ich überlebe.

SAILOR: War von euch schon mal jemand in der Klapsmühle?

WHISPER: Wie kommst du denn darauf?

SAILOR: Na, über Selbstmord nachdenken ist doch gestört, oder nicht?

TRAIN: Ich fühl mich manchmal wie zwei Menschen in einem. Kennt ihr das? Ist kaum auszuhalten. Ich glaub, wenn man den Leuten sagen würde, was man wirklich denkt, würden die einen sofort einweisen. Sagt ja eigentlich keiner, was er wirklich denkt. Alles nur Show.

SAILOR: Weil es sonst die totale Anarchie gibt. Keiner hat mehr einen Job, keiner findet Freunde. Ohne Lügen geht die Welt kaputt. Das fängt schon damit an, dass kaum einer ist, wie er wirklich sein will. Schublade auf, Mensch rein. So funktioniert das. Wenn man sich nicht wehrt, hat man früher oder später einen Job, den man nicht mag, eine Familie, die einem auf den Wecker geht, und man spielt irgendeine ätzende Rolle.

TRAIN: Und du bist hundert Prozent du selbst?

SAILOR: Nein, ich spiele eben eine Rolle, wie wir alle. Sonst würde ich wohl kaum hier sein.

WHISPER: Ich bin ich selbst. Und die Welt hasse ich auch nicht.

SAILOR: Und warum bist du trotzdem nicht glücklich?

WHISPER: Das geht keinen was an.

SAILOR: Sehr freundlich.

WHISPER: Können wir jetzt endlich den Ort festlegen? Ich muss gleich los.

TRAIN: Will mich noch ein bisschen umschauen. Soll ja keine Probleme geben. Momentan stehen drei Plätze zur Auswahl. Zwei davon will ich noch abchecken. Kann aber noch ein paar Tage dauern. Lasst uns übermorgen wieder chatten. Selbe Zeit.

Nidal

»Aber ist doch trotzdem Vergewaltigung.« Nidal steht neben Rafti vor der Zapfsäule.

Patty schüttelt die letzten Tropfen Benzin in den Tank. »Schon wieder teurer geworden, die spinnen doch.«

»Vergewaltigung ist es nur, wenn sie's nicht wollen«, sagt Rafti. »Aber mit dem Zeug wollen sie's ja, verstehst du? Das ist der Unterschied. Und weil sie sich an nix mehr erinnern können, ist es auch nicht schlimm für die Psyche und so.«

»Hast du's schon ausprobiert?«

»Nein, aber der Typ aus 'm Exit meint, dass es total easy ist.«

»Er hat es also schon gemacht?«

»Was weiß ich. Mach dich mal locker. Wenn du mal keinen Bock mehr auf deine Kleine hast, können wir ja auch zusammen auf Tour gehen. Genügen ein paar Tropfen.«

Ein schwarzer Porsche hält vor einer der Zapfsäulen. Patty schaut bewundernd zu dem Sportwagen. »Scheiße! Der kost' mindestens achtzig Riesen. Oh Mann. Woher haben die Leute nur so viel Kohle? Das geht doch gar nicht auf ehrlichem Weg. Da muss man ja irgendwas Illegales am Laufen haben.«

»Wollt ihr noch lange?« fragt Nidal.

»Müde oder was?«

»Muss früh raus. Schreib Geschichte und hab keinen Plan.«

»Du und deine Lernerei«, sagt Patty. Kopfschüttelnd öffnet er die Fahrertür. Bevor er einsteigt, dreht er sich noch einmal um. Jetzt lächelt er. »Aber wenn du … wenn du dich für unsere Firma auch mal so reinhängst, dann springen später vielleicht sogar zwei 911er raus. Für jeden einer.«

»Klar.« Nidal nickt. »Und um die Superfrauen müssen wir uns auch keine Gedanken mehr machen.«

Yoshua

Yoshua schaltet den Computer aus. Er blickt aus dem Fenster in den schwach beleuchteten Innenhof. In der Wohnung gegenüber läuft der Fernseher. Man kann nicht erkennen, ob jemand davorsitzt. Die Rückenlehnen der Couchgarnitur sind zu hoch. Als die Nachbarn vor einem halben Jahr eingezogen sind, haben sie sich nicht vorgestellt. Sie waren plötzlich da, haben ihren Namen über das Klingelschild geklebt und Blumentöpfe auf den Balkon gestellt. Würden sie nächste Woche wieder ausziehen, könnte er kaum etwas über sie erzählen. Mitte dreißig, Raucher, Frühaufsteher. Mit den dreien aus dem Chat ist es dasselbe. Er hat nur ein unscharfes Bild im Kopf und die Vorahnung, dass sich daran nicht viel ändern wird. Wahrscheinlich ist der Chat schon morgen wieder dicht. Selbstmord ist einfach zu krass, wenn man nur jemand zum Reden braucht.

Yoshua geht ins Wohnzimmer. Dort sitzt sein Vater und spielt PlayStation. Grand Theft Auto. Er landet den Hubschrauber auf einem Dach, entscheidet sich für die Waffe eines Scharfschützen und erledigt damit die Bewacher des Koffers. Mission erfüllt. Zufrieden wendet er seinen Blick vom Fernseher.

»Was hat eigentlich der Arzt gesagt?«

»Dass du nicht so viel zocken sollst.«

»Und wirklich?« Sein Vater schaltet den Fernseher aus.

»Ich soll Rad fahren oder schwimmen.«

»Sport? Du?« Sein Vater grinst.

»Das ist nicht komisch, Papa.«

»Na ja. Meines Wissens hast du das letzte Mal *freiwillig* Sport gemacht, als ein hübsches Mädchen im Spiel war.«

»Das … das stimmt so nicht.«

»Was? Das mit dem Mädchen oder das mit dem Sport?«

»Beides!«

»Dann können wir ja am Wochenende gleich mit der ersten Radtour beginnen. Muss ja nichts Großes sein. Ich check mal die Räder.«

»Ich soll es nicht übertreiben.«

»Keine Bergwertung. Versprochen. Wie war eigentlich dein Vortrag?«

»Das heißt Referat.«

»Wie auch immer. Wie ist es gelaufen?«

»Okay.«

»Also nur eine Zwei.«

»Eins bis Zwei.«

»Streber.«

Yoshua ignoriert diese Bemerkung. Sein Blick streift einen Stapel Papiere, der auf dem Esstisch liegt. Die erste Seite ist mit roten Korrekturzeichen übersät. »Und, bist du fertig geworden?«

»Fast.«

»Und, was Gutes dabei?«

»Durchschnitt.«

»Wird sich also verkaufen.«

»Vermutlich.« Sein Vater greift nach einer angebrochenen Zigarettenschachtel.

»Kannst du bitte auf dem Balkon rauchen?«

»Natürlich, mein lieber Herr Sohn. Schau mich nicht so vorwurfsvoll an.« Yoshuas Vater faltet die Hände. »Man gestatte mir bitte dieses eine Laster.«

»Du musst immer übertreiben.«

Sein Vater geht hinüber zur Stereoanlage. »Ach, bevor ich's vergesse. Eine Kati hat angerufen.«

»Kati? Was hat sie gesagt?«

»Ist sie eine neue Verehrerin? Das ging aber schnell.«

»Papa! Was hat sie gesagt?«

»Dass sie …« Sein Vater steckt sich seine Zigarette an und öffnet die Balkontür.

»Die Wahrheit.«

»Ob du mit ihr zum Seefest gehst.«

»Das war doch …«

Sein Vater verzieht das Gesicht. »Vor drei Tagen.«

»Super. Ganz toll.«

»Jetzt schau mich nicht so an. Du hast Mamas Geburtstag vergessen. Was ist nun schlimmer?«

»Gute Nacht.«

»Sind wir jetzt beleidigt?«

»Nein, nur müde.«

»Dann schlaf gut.«

»Sicher.«

»Krieg ich vielleicht noch einen Kuss?«

»Papa. Ich bin sechzehn. *Das* ist peinlich.«

»Muss ja keiner wissen.«

Sammy

Das Abendessen steht auf dem Tisch. Klassische Musik rieselt aus unsichtbaren Boxen. Sammy sitzt neben ihrem kleinen Bruder Linus. Sechs Jahre, drei Kilo Übergewicht – mindestens. Sie stellt sich vor, wie es sein wird, wenn ihr Platz leer ist. Ob sie dann einen anderen Tisch kaufen, damit es weniger auffällt? Sebastian, ihr großer Bruder, taucht ja auch nur auf, wenn er dazu gezwungen wird. Er ist wie ein Geist, der am liebsten unsichtbar bleibt. Nachtaktiv und wortkarg. Zwischen Kifferfantasien und Angstattacken webt er einen Kokon um sich, den man nur noch schwer durchdringen kann. Am Geräuschpegel jedenfalls wird sich nicht viel ändern. Vielleicht verzichten sie auf das Gebet. Das wäre schon ein Fortschritt. Nicht mehr die Hände falten. Keine Demut vor jemandem, der nicht existiert. Aber dafür wird ihre Anteilnahme wohl doch nicht reichen.

Linus greift nach der Schüssel mit den Nudeln.

»Mama«, sagt Sammy und hält die Schüssel fest. »Darf Linus noch mal nehmen?«

»Wieso nicht?«, fragt ihr Vater.

Sammy hebt die Brauen. »Weil er sonst eventuell *noch* fetter wird.«

Linus beginnt zu weinen.

»Sammy, was soll das?« Die Stimme ihrer Mutter bebt. »Gib deinem Bruder die Schüssel!«

»Mama, du bist Ärztin. Linus ist zu dick. Siehst du das nicht? So wird er zum Außenseiter.«

»Übertreib nicht gleich.«

»Das verwächst sich«, sagt ihr Vater. »Ich hatte als Kind auch Speckringe, und schau mich jetzt an.«

»Du rauchst auch zwei Schachteln am Tag.« Sammy gibt die

Schüssel frei. »Linus«, sagt sie. »Zu viele Nudeln sind nicht gut für dich.«

Linus greift mit seinen Händen in die Spaghetti. »Ich kann doch mehr Kacka machen.«

Alle müssen lachen. Sammy wehrt sich dagegen, bevor auch sie losprustet.

»Dieser Logik kann man sich nicht entziehen«, sagt ihr Vater und kneift Linus in die Wange. »Unser Kleiner ist ein helles Köpfchen.«

»Linus, mein Schätzchen«, säuselt ihre Mutter. »Nicht mit den Händen.«

»Und was ist mit Sebastian?«, fragt Sammy. »Interessiert er euch nicht mehr, weil er kein Abitur macht?«

Ihr Vater räuspert sich.

»Sammy!«, sagt ihre Mutter. »Was soll schon wieder diese Provokation?«

»Das hat sie von dir«, sagt ihr Vater ruhig. »Die Rebellin.« Er deutet ein Lächeln an und wischt sich den Mund mit der Serviette ab. »Dein großer Bruder muss lernen, was es heißt, Verantwortung zu übernehmen. Geld wächst eben nicht auf Bäumen. Aber das wirst du auch noch lernen.« Er legt die Serviette hin und steht auf. »Ich bin so gegen zehn wieder zurück.«

»Hast du Sebastian jetzt dort, wo du ihn haben wolltest?« Sammy spuckt die Worte fast aus.

»Auch er wird noch einsehen, dass ihn seine Protesthaltung nicht weiterbringt.«

»Du bestrafst ihn dafür, dass er nicht das tut, was du von ihm verlangst.« Sammy blickt zu Linus. »Und wenn er nicht wird, wie du ihn gerne hättest, blüht ihm dann dasselbe Schicksal?«

»Wenn Sebastian vernünftig ist, werd ich die Zügel lockern, aber momentan sieht es ja nicht danach aus.«

»Wonach sieht es denn aus?«

»Nach Träumerei und Selbstüberschätzung. Meine Familie ist ein Hort von Rebellen. Nicht wahr, Monika?«

»Deine Eifersucht ist krankhaft!«

»Aber sicher doch.« Er grinst. Dann nimmt er seinen Schlüsselbund aus der Schale. »Solange ihr mich nicht in der Öffentlichkeit bloßstellt, ist es mir egal. Mehr erwarte ich gar nicht von *meiner* Familie.«

4. WOHIN GEHT DIE REISE?

TRAIN: Ich kann euch den Ort nicht sagen. Noch nicht.

WHISPER: Warum?

SAILOR: Willst du uns für dumm verkaufen? Da ist doch irgendwas faul.

TRAIN: Ist eine Vorsichtsmaßnahme. Ich will nicht, dass ihr hingeht und euch ausmalt, wie es passiert. Nachher macht ihr einen Rückzieher oder ihr entscheidet euch, alleine zu springen.

SAILOR: Warum hast du das dann nicht gleich gesagt? Ist doch total unlogisch. Wenn jemand von uns vorhätte, alleine zu springen, könntest du ihn doch sowieso nicht aufhalten. Egal, ob er jetzt den Ort kennt oder nicht. Ich hab das Gefühl, da steckt was anderes dahinter. Vielleicht bist du ein Schwätzer, der sich seine Zeit damit vertreibt, andere Leute zu verarschen. Vielleicht geilt dich das auf. Wie viele geheime Chats hast du noch am Laufen? Fünf oder zehn? Und dann die Drohung mit dem Umbringen, falls einer plaudert, damit kein Verdacht aufkommt. Echt clever.

TRAIN: Du hast ja ein Rad ab. Ich bin kein Spinner!

WHISPER: Das wäre fies, wenn du uns was vormachst.

TRAIN: Hast du ja toll hingekriegt, Sailor. Hauptsache Unruhe stiften. Könnt ihr mir mal sagen, warum ich mir die Mühe mit dem Fragebogen gemacht hab, wenn ich euch nur verarschen will? Das könnte ich auch leichter haben.

SAILOR: Vielleicht war dir langweilig. Vielleicht hängst du den ganzen Tag vor dem Rechner rum und denkst dir irgendwelche kranken Sachen aus, um dich wichtigzumachen. Im Internet wimmelt es nur so von Psychos.

TRAIN: Das ist totaler Quatsch!

SAILOR: Dann beweis das Gegenteil.

TRAIN: Und wie soll ich das machen?

WHISPER: Nenn uns den Ort.

SAILOR: Genau.

TRAIN: Nein! Das ist wirklich zu früh. Ich bin mir auch noch nicht ganz sicher.

SAILOR: Okay. Dann schlage ich als Beweis für deine Ehrlichkeit eine Bombendrohung an meiner Schule vor.

WHISPER: Kannst du auch mal ernst bleiben?

SAILOR: Das ist mein Ernst. Ich schreib Mathe und hab keinen Plan. Wir schlagen sozusagen zwei Fliegen mit einer Klappe. Wärst du damit einverstanden, Whisper?

WHISPER: Weiß nicht. Was spielt deine Mathearbeit überhaupt noch für eine Rolle?

SAILOR: Der Lehrer ist mit meiner Mutter befreundet. Wenn ich's versau, ruft er an und ich krieg Ärger. Also, was ist?

WHISPER: Von mir aus. Wenn ich's auch merkwürdig finde, dass du dir über so was noch Gedanken machst.

SAILOR: Du kennst meine Mutter nicht. Train, geht das in Ordnung für dich?

TRAIN: Hab ich eine Wahl?

SAILOR: Nein.

TRAIN: Aber nur, wenn ihr dann mit euren nervigen Verdächtigungen aufhört.

SAILOR: Geht klar. Vor der Dritten. Danke. Adresse folgt.

TRAIN: Warte!

WHISPER: Was ist?

TRAIN: Ich glaub, da will jemand mitlesen. Geht mal kurz offline. Ich muss 'nen Fehler beheben.

SAILOR: Das ist jetzt aber kein Ablenkungsmanöver?
TRAIN: Nein. Das ist ernst!

Marie

Marie schaltet den Computer aus. Sie schlüpft in ihre neuen Sachen. Sie betrachtet sich im Spiegel und überlegt, ob man sich schick macht, bevor man sich umbringt. Ob Selbstmörder darüber nachdenken, wie sie aussehen, wenn man sie findet. Sie stellt sich vor, wie der Arzt seine Tasche neben ihr abstellt und ihre rosafarbene Bluse begutachtet. Wenn nicht klar ist, dass sie selbst ihren Tod herbeigeführt hat, wird die Polizei Bilder vom Tatort machen. Ein Blitzlichtgewitter für eine Leiche. Sie muss lächeln. Wie grotesk. Model wollte sie als Kind immer werden. In ausgefallenen Kleidern über Laufstege schreiten und bewundert werden. Aber ausgerechnet ihren größten Auftritt wird sie verpassen.

Der Mechaniker

Der Mechaniker nimmt die Autoschlüssel entgegen. »Ein Reh, haben Sie gesagt? Muss ja einen ganz schönen Schlag getan haben.« Er geht in die Hocke und streicht mit den Fingern über die beschädigte Stelle.

»Ist meinem Chef vors Auto gerannt.«

»Zahlt also die Versicherung? Kommt da noch ein Gutachter?«

»Keine Ahnung. Hat er nicht gesagt. Vielleicht übernimmt er das auch selbst.«

Der Mechaniker geht um das Auto herum. »Ist aber schon ein Weilchen her.«

»Hatte wohl keine Zeit.«

»Hat er den Förster benachrichtigt? Oder die Polizei?«

»Glaub nicht.« Der Mann lächelt. »War nach einer Sitzung. Ist wahrscheinlich wieder spät geworden.«

»Verstehe.« Der Mechaniker wischt die Hand an seinem Blaumann ab. »Hab noch zwei andere Kunden. Freitag müsste klappen.« Er reicht dem Mann ein Kärtchen. »Zur Sicherheit am Donnerstag kurz durchläuten.«

»Ist gut.« Der Mann steckt das Kärtchen ein. »Ach ja, Sie sollen auch gleich die Bremsen überprüfen.«

»Braucht Ihr Chef 'ne Rechnung?«

»Glaub nicht.«

Sammy

»Beeil dich!«, sagt Carla. Sie steht ungeduldig neben Sammy. »Das ist keine Übung. Schau dir die Sandhoff an. Die ist ja ganz bleich.«

»Entspann dich.« Sammy packt ihre Sachen in den Rucksack und stellt ihren Stuhl auf den Tisch. »Ist bestimmt bloß Fehlalarm.«

»Und wenn nicht?«

»Dann fliegen wir gleich in die Luft. BUMM!«

»Wie witzig.«

»Bitte zügig in die Turnhalle durchgehen!« Ihre Lehrerin steht in der Tür und winkt die Schüler durch. »Samira!«

»Ja doch.« Sammy schultert ihren Rucksack. Von draußen hört man Feuerwehrsirenen. Über den Gang geht eine fünfte Klasse. Hand in Hand. Einige Kinder haben Tränen in den Augen. Ein kleines Mädchen mit Korkenzieherlocken zittert am ganzen Körper. Auf dem Schulhof stehen Polizeiautos und zwei Rettungswagen. Schweigend gehen Sammy und Carla weiter bis in die Turnhalle. Dort setzen sie sich zu ihrer Klasse. Die Lehrerin kontrolliert erneut die Anwesenheit jedes Einzelnen. Sammy lächelt in sich hinein. Train hat es getan. Er meint es also wirklich ernst. Sie werden gemeinsam springen. Was für ein Wahnsinn.

»Kommst du heute Abend zu Pauls Party?«, flüstert Carla.

»Weiß nicht.«

»Soll ich dir was sagen? Der steht immer noch auf dich.«

»Ist mir egal.«

»So wie du dich aufführst, wenn er dabei ist, nehm ich dir das nicht ab.«

»Dann lass es!«

»Du bist ja wieder gut drauf.«

»So eine Scheiße!«, flucht Sammy.

»Was ist?«

»Muss aufs Klo.«

»Die Sandhoff lässt dich jetzt sicher nicht raus.«

»Ja, Mist, verdammter.«

»Probier's halt damit.«

Carla deutet mit dem Kopf zu einem Edelstahlbehälter und kichert. Sie steht auf. »Ich geb dir Deckung.«

»Verzichte.«

Carla setzt sich wieder hin. Sie betrachtet ihre frisch lackierten Fingernägel. »Du musst heute Abend kommen. Wird bestimmt cool. Wir wollen *Inception* angucken.«

»Wieso liegt dir so viel daran, dass ich dabei bin?«

»Weil du meine beste Freundin bist?«

»Bin ich das?« Sammy hebt einen Mundwinkel. »Und wenn ich dich gar nicht leiden kann?«

»Was soll das jetzt?«

»Na ja. Nur weil wir zusammen Musik machen und mit denselben Leuten rumhängen, heißt das doch nicht zwangsläufig, dass ich dich leiden kann.«

»Geht's jetzt wieder um deinen Logik-Scheiß?«

»Warum hast du was mit Paul angefangen? Weil er zu haben war? Oder hast du dich gelangweilt, weil gerade nichts in der Glotze gekommen ist? Hat das genügt, um ihn zu einem weiteren Strich auf deiner Liste zu machen?«

»Du ... du bist noch in ihn verliebt? Ich dachte ...«

»Nicht mehr. Das ist vorbei.«

»Aber es hat dich gestört, dass ich was mit ihm hatte?«

»Das ist nicht der Punkt.«

»Was ist dann der Punkt?« Carla beißt die Zähne zusammen und schüttelt den Kopf. »Falls du dich nicht mehr erinnerst: *Du* hast Paul abserviert, weil er dich ins Krankenhaus gebracht hat, bevor du an deiner eigenen Kotze erstickt bist.«

»Das ...« Sammy schüttelt den Kopf. »Das verstehst du nicht.«

»Soll ich dir mal sagen, was mir auf die Nerven geht? Deine scheiß zynische Art. Du findest bei jedem was, das dir nicht passt. Tust so, als würdest du über allem und jedem stehen. Ja, du siehst toll aus. Vielleicht bist du auch intelligenter als die meisten Leute hier und wir können eines Tages froh sein, dich gekannt zu haben. Aber es ist nicht fair, andere scheiße zu finden, nur weil sie ab und zu Spaß haben und nicht Gott und die Welt infrage stellen.«

»Kannst du mal kurz die Luft anhalten?«

»Was ist?«

»Mein Handy.« Sammy zieht ihr Handy aus der Hose und nimmt den Anruf entgegen. Seufzend verdreht sie die Augen. »Alles okay, Mama. Wahrscheinlich Fehlalarm ... Die im Radio sind immer hinterher ... Wir sind in der Turnhalle. Ich muss jetzt, die Lehrerin will was sagen. Ja ... ich hab nicht vergessen, dass ihr heut Abend im Theater seid. Ja, ich geh noch mit Balko Gassi.« Sie legt auf. Sie hebt die Schultern. »Sorry. Hab ich nicht so gemeint. Ist heute einfach nicht mein Tag.«

»Schon okay.«

SAILOR: Respekt, Train, deine Bombendrohung hat es sogar ins Fernsehen geschafft. Danke! Hast du clever gemacht. Scheinst Erfahrung zu haben. SMILE. Was haltet ihr davon, wenn wir eine Nachricht auf YouTube hinterlassen und den Link an die Presse schicken? Geht bestimmt voll ab. Vielleicht werden wir sogar Aufmacher in der BILD und unser Video kriegt eine Million Klicks und bleibt zurück bis in alle Ewigkeit.

WHISPER: Auf keinen Fall! Dass ich gehe, ist allein meine Sache.

TRAIN: Sailor, warum stehst du so auf Öffentlichkeit? Willst du berühmt werden nach dem Tod? Ist das dein Plan?

SAILOR: Quatsch. Ich will nur zeigen, dass man nicht durchhalten muss. Dass es einen Ausweg gibt, wenn man keinen Bock mehr auf dieses Spiel hat. Auch wenn die Leute das nicht zugeben. Der Tod ist ein Ausweg. Jeden Tag bringen sich Leute um, auch wenn darüber nichts in den Nachrichten gebracht wird, weil sie sonst gar nicht mehr nachkommen würden mit Beerdigungen.

TRAIN: Nur wenn es um Promis geht, dann gibt's eine Sondersendung nach der anderen. Wie bei dem Torwart, der sich vorn Zug geworfen hat. Dann tun die Leute so, als sei es unfassbar, dass jemand, der so beliebt war, keine Lust mehr hat.

SAILOR: Genau. Ist doch ungerecht, dass man uns ignoriert, nur weil wir nicht bekannt sind. So gesehen wäre ich doch gern berühmt. Vielleicht sollten wir was Krasses machen oder doch Videos hochladen, damit es jemand mitkriegt.

TRAIN: Ohne mich. Das kann ich meinen Eltern nicht antun. Nachher schnüffeln Journalisten rum und stellen Verschwörungstheorien auf, die rein gar nichts mit der Wirklichkeit zu tun haben, nur weil sie 'ne gute Story brauchen. Ist auch so schon mies genug, einfach zu gehen.

SAILOR: Wahrscheinlich hast du recht. Man kann ja nicht steuern, was die vorhaben. Nachher kommen die auf die Idee, dass wir unglücklich verliebt waren oder so. Kitsch wie Romeo und

Julia verkauft sich ja immer gut. Also doch ein offenes Ende. Wie bei einem guten Buch. Sollen wir uns davor mal treffen?

WHISPER: Treffen? NEIN. Ich will euch nicht treffen. Überlegt mal, was los ist, wenn wir uns mögen. Wenn wir glauben, dass das alles doch noch einen Sinn hat. Dann reden wir und denken, dass es eine Lösung gibt. Aber die gibt es nicht. Nicht für mich.

SAILOR: Krasse Aussage. Wenn wir also Arschlöcher wären, dann hättest du kein Problem damit, uns kennenzulernen?

WHISPER: Wäre jedenfalls leichter. Freunde wollen einem ja helfen, weil sie denken, dass es noch Hoffnung gibt. Aber Hoffnung gibt es nicht. Nicht für mich jedenfalls. Nur, wenn man die Zeit zurückdrehen könnte, aber das geht nicht. Ich will nur, dass es in den nächsten zwei Wochen passiert. Der Rest ist mir egal.

SAILOR: Warum hast du's so eilig?

WHISPER: Weil ich nicht mehr länger warten kann.

SAILOR: Hast du 'ne Krankheit? Krebs oder so? Meine Mutter hatte Krebs. Sah echt scheiße aus, so ohne Haare. Und gekotzt hat sie auch die ganze Zeit, wegen der Chemo. Kann ich verstehen, wenn du deshalb 'nen Abgang machen willst. Ich hätte darauf auch keinen Bock.

WHISPER: Ich habe keinen Krebs.

TRAIN: Ist da dein Geburtstag?

WHISPER: Können wir uns darauf einigen, dass das Warum meine Sache ist? Ich will nicht drüber reden. Wäre nett, wenn ihr das respektiert. Mich interessiert auch nicht, warum ihr es tun wollt.

SAILOR: Wenn du so egomäßig unterwegs bist, warum machst du's dann nicht alleine?

WHISPER: Weil ich zu feige bin. Ich hab's schon mal probiert. Aber dann hab ich im letzten Moment Angst bekommen. Diesmal muss es klappen.

TRAIN: Wovor hattest du Angst?

WHISPER: Dass es wehtut.

SAILOR: Na ja, selbst wenn es so ist. Dauert ja nur ein paar Sekunden. Im Gegensatz zum ganzen Leben.

WHISPER: Gebt ihr jemandem die Schuld?

SAILOR: Meine Eltern gehen mir zwar auf die Nerven, aber ich könnte ja auch meine Sachen packen und abhauen. Ans andere Ende der Welt. Bin ja kein Kind mehr. Hab ich schon öfter drüber nachgedacht. Nur wird das nicht viel ändern. Wenn man traurig ist, kann man hingehen, wo man will. Da ist nichts, das einen hält.

TRAIN: Ich könnte meinem Vater die Schuld geben. Dass er zu gut zu mir war. Zu nett. Aber das ist ja auch Quatsch. Eigentlich ist es wie bei dir, Sailor, ich fühl mich nirgendwo zu Hause. Immer irgendwie als Gast. Ein Statist, den man dort hinstellt, wo man ihn braucht.

WHISPER: Ich kenne den Schuldigen.

SAILOR: Was soll das jetzt heißen?

WHISPER: Ich weiß genau, wer die Verantwortung dafür trägt, dass ich bald nicht mehr da bin.

TRAIN: Willst du uns jetzt doch den Grund sagen?

WHISPER: Nein.

SAILOR: Das ist unfair. Erst neugierig machen und dann abklemmen.

TRAIN: Ist ihr gutes Recht.

SAILOR: Ja, schon gut. Also zurück zu den Fakten. Ich hab gerade in den Kalender geschaut. Wie wär's mit dem Neunzehnten? Tagsüber. Das wäre irgendwie was Besonderes. Die meisten Leute tun es doch bei Nacht, weil die Einsamkeit am größten ist und so. Ich würde gerne bei Tag der Welt goodbye sagen. Wenn wir schon nicht in die Nachrichten kommen, wäre das wenigstens ein Statement.

WHISPER: Okay.

TRAIN: Okay.

SAILOR: Sag Bescheid, Whisper, wenn du doch mal jemanden zum Reden brauchst. Auch wenn ich vielleicht nicht so rüberkomm. Ich kann gut zuhören. Und ich will dir mit Sicherheit keine doofen Ratschläge geben. Besserwisser gehen mir selber auf die Nerven.

TRAIN: Ich kann auch gut zuhören.

WHISPER: Wartet mal kurz. Meine Mutter.

SAILOR: Train, warum hast du uns ausgerechnet diese Nicks verpasst? Nicht dass ich mich beschweren will, aber würde mich interessieren.

TRAIN: Weil sie cool klingen und zu euch passen.

SAILOR: Zu uns passen?

TRAIN: Zu den Antworten.

SAILOR: Könntest du etwas genauer werden?

TRAIN: Nein.

SAILOR: Wie freundlich.

WHISPER: Bin wieder da.

SAILOR: Und was wollte deine Mutter?

WHISPER: Gute Nacht sagen.

SAILOR: Mit Küsschen?

WHISPER: Ja. Mit Küsschen.

TRAIN: Sie liebt dich.

WHISPER: Und ich werde sie enttäuschen.

SAILOR: Nein. Du wirst frei sein. Ohne Angst. Ohne Erinnerung. Ist schließlich dein Leben. Wenn man schon nicht gefragt wird, ob man geboren werden will, ist es nur fair, dass man das Ende selber bestimmen darf.

TRAIN: Ist es bei euch gerade auch so still?

WHISPER: Vor meinem Fenster zirpen die Grillen.

SAILOR: Ich mag die Stille. Ich mag es, wenn die Straßenlaternen angehen und die Farben geschluckt werden. Habt ihr euch schon mal vorgestellt, wie es wäre, der letzte Mensch auf der Erde zu sein? Ein Killervirus oder so hat alles ausgelöscht. Ich stell mir das cool vor. Man hört nur noch das Zwitschern der Vögel und den Wind, wie er um die Häuser streicht.

TRAIN: Aber das wäre doch auch scheiße, so ganz alleine.

SAILOR: Ich fänd's super. Nichts, was man tun muss, außer überleben.

Die Journalistin

»Und wenn das Baby in der Klappe liegt?«, fragt eine Journalistin mit roten Haaren.

»Nach zwei Minuten wird einer unserer Mitarbeiter über das Notrufsystem alarmiert.« Die Hebamme zeigt auf ein Lämpchen. »In der Klappe findet die Frau einen Brief mit den nötigen Informationen. In mehreren Sprachen.«

»Und die Mutter, die das Kind abgelegt hat? Kann sie die Klappe wieder öffnen, sollte sie es sich spontan anders überlegen?«

Die Hebamme schüttelt den Kopf. »Unmöglich. Einmal geschlossen, kommt man nur noch von der Innenseite heran. Zur Sicherheit des Kindes. Jedoch kann die Mutter ihr Kind innerhalb von acht Wochen zurückholen, falls sie sich anders entscheidet.«

»Und sie bleibt in jedem Fall anonym? Das garantieren Sie?« Die Journalistin schaut von ihrem Block auf. Ihr Blick schweift durch den quadratischen Raum. »Keine Kameras?«

»Nur in der Klappe. Nicht im Vorraum.«

»Und die Mütter? Die lassen einfach ihr Kind zurück? Ohne einen Hinweis? Eine Nachricht?«

»Das ist unterschiedlich. Manchmal liegt ein Brief dabei. Oft überhaupt nichts. Einmal, da hat eine Mutter nur einen einzigen Satz hinterlassen. Das war sehr ergreifend.«

»Verraten Sie ihn mir?«

»›Ich liebe dich trotzdem.‹«

Nidal

Die Kälte saugt an Nidals Fingern. Er steht vor dem Kühlregal, greift nach einer Palette mit Erdbeerjoghurt und räumt sie auf Augenhöhe ein. Der beste Platz. Die Poleposition für Milchprodukte. Kein Deckel ist beschädigt. Darauf muss er achten. Und auf keinen Fall Lücken lassen. Wer Lücken lässt, fliegt. »Nur Überfluss verleitet zum Kauf.« Der Filialleiter wiederholt diesen Spruch vor jeder Schicht. Seit einigen Wochen muss Nidal ein T-Shirt tragen. Blau. Er hasst diese Farbe. Damit man ihn erkennt. Die Kunden sollen sehen, dass er nicht zum Verkaufspersonal gehört, sondern nur eine Hilfskraft ist. Sechs Euro dreißig die Stunde. Austauschbar, sobald er zu viele Fehler macht. Trotzdem ist Nidal gerne hier. Mittwochs und samstags.

Er reibt die Handflächen aneinander. Nach einer Stunde sehen sie aus, als hätte er sie in kochend heißes Wasser gehalten. Erst ist es nur ein Kribbeln. Dann tun die Fingerspitzen weh. Ein unsichtbarer Vorhang aus eisgekühlter Luft kratzt an seiner Stirn, den Augen, dem Brustkorb, den Beinen. Sogar die Zehen beginnen zu frieren. Ein schleichender Prozess. Nach neunzig Minuten muss er sich im Aufenthaltsraum aufwärmen, erst dann kann er mit den Konserven weitermachen.

»Hast du dich geprügelt?« Tim, ein anderer Jobber, steht vor dem Spiegel. Das macht er in jeder Pause. Vor dem Spiegel stehen und Wasser in den vergilbten Wasserkocher füllen. Den Hahn dreht er immer nur so weit auf, dass ihm genügend Zeit bleibt, seine Frisur zu richten und mit den Fingern über die gezupften Brauen zu streichen. Wahrscheinlich schminkt er sich sogar. Zumindest sieht es so aus, wenn er beim Lächeln die Augen zusammenkneift. Winzige Fältchen, in denen das Make-up zu bröckeln beginnt. Tim ist eine verdammte Tunte! Er studiert was Soziales. Vielleicht haben Schwule nicht das

Zeug zum harten Manager. Zumindest, wenn sie so drauf sind wie Tim.

Nidal behält seine Skater-Lüge bei. Er hat sich daran gewöhnt. An das Lügen. An die Geschichten. An das falsche Lächeln. »War saudunkel in der Unterführung«, sagt er und behauptet, dass es ihn bei einem Kickflip erwischt habe. Obwohl er diesen Trick niemals lernen wird.

Sie trinken Pfefferminztee. Der schmeckt nicht so gut wie zu Hause, trotzdem hat der vertraute Geruch etwas Beruhigendes. Wie Magnete kleben Nidals Hände an der warmen Tasse. Er entspannt sich. Tim schaltet das Radio an. Die Stimme eines Reporters ist zu hören: »Einen Tag nach der Bombendrohung hat die Polizei noch keinen Hinweis auf den Täter gefunden. Der Anruf wurde von einem als gestohlen gemeldeten Handy getätigt. Immer wahrscheinlicher wird die Vermutung, dass es sich um einen makabren Schülerstreich handelt.«

Nidal lächelt.

»Findest du das lustig?«, fragt Tim verwundert.

»Nein, nein, ist nur ... Meine Schule, die ... die würde ich manchmal auch gerne in die Luft jagen. Wimmelt nur so von verwöhnten Muttersöhnchen.«

Tim zuckt mit den Achseln. »Arschlöcher gibt's überall. Auf welche Schule gehst du denn?«

»Merz.«

»Zu den Bonzen?« Erstaunt setzt Tim die Tasse ab. »Und du jobbst hier?«

»Hab ein Stipendium bekommen.«

»Dachte, so was gibt's nur für Studenten.«

»Ist neu.« Nidal grinst. »Haben wahrscheinlich meine Adresse gelesen und Mitleid mit dem armen Ausländerkind gehabt.«

Marie

Marie trägt Jeansrock, hohe Stiefel und die rosafarbene Bluse, die ihre Mutter ausgesucht hat. Sie betrachtet sich in der Spiegelung der gläsernen Haustür. Sie wird die Sachen nicht anziehen, wenn sie mit den anderen springt. Das könnte ihre Mutter falsch verstehen. Als Anklage. Als Vorwurf. Das darf nicht passieren. Vielleicht scheint ein letztes Mal die Sonne, wenn sie es tun. Zu dritt. Am liebsten will sie in der Mitte stehen. Train an der einen und Sailor an der anderen Hand. Dann gibt es kein Zurück mehr.

Welche Stationen ihres Lebens wird ihr Gehirn abspulen in diesen letzten Sekunden? Man sagt doch, dass vor dem Ende, bevor Schluss ist, ein Film abläuft. Eine Zusammenfassung. Wie wird es bei ihr aussehen, dieses Best-of? Das erste Mal im Meer baden? Der erste Kuss? Wie sie mit ihren Eltern den Hund aus dem Tierheim geholt hat? Welche Gerüche? Gehören nicht auch Gerüche zu solchen Bildern? Frühling. Wie riecht eigentlich der Frühling? Darüber hat sie sich noch nie Gedanken gemacht. Und der Platzregen, wenn er nach einem heißen Sommertag auf dem Asphalt explodiert? Sie versucht sich zu erinnern, während sie auf die Klingel drückt. Sie hört in sich hinein und will umkehren. Zu spät. Die Tür öffnet sich. Sie taucht ein. In das Haus. In die Party. In die Nacht. Sie trinkt. Nichts verrät ihr Vorhaben. Sie redet viel. Sie kann lachen. Sie weiß nicht, warum sie plötzlich wieder lachen kann. Selbst über die blödesten Witze. Sie tanzt. Finn tanzt neben ihr. Er hat ihr den ersten Liebesbrief geschrieben. In der Grundschule, vierte Klasse. Sie hat ihn aufgehoben. Er liegt in einer Schachtel unter dem Bett. Nicht mal ihrer Mutter hat sie davon erzählt. Ein Geheimnis. Jeder Mensch hat ein Geheimnis. Und jetzt sind sie Freunde. Wäre Finn an jenem Abend dabei gewesen, wäre alles anders gekommen. Er hätte sich um sie gekümmert. Sie nach Hause gebracht, aber sie musste ja unbedingt alleine losziehen.

Marie geht von der Tanzfläche, setzt sich auf das rote Sofa und beobachtet Finn. Er baggert Sina an. Er ist ungeschickt. Er weiß nicht, wohin mit seinen Händen. Er sieht aus wie Mr Bean. Sie muss lächeln. Er sehnt sich nach einer Freundin. Aber so wird das nichts. Immer sucht er sich die Hübschesten aus, die Mädchen, an denen sich schon zig Jungs die Zähne ausgebissen haben. Sie wünscht sich, dass er glücklich wird. Er hätte es verdient. Sina lässt Finn gewähren, als er seine Hände um ihre Hüften legt. Sie vergräbt ihren Kopf an seinem Hals. Vielleicht klappt es diesmal.

Die Musik blendet in den nächsten Song über. Eine entspannte House-Nummer mit einem quäkenden Saxofon als Leadstimme. Hundertzwanzig Beats pro Minute. Marie steht auf. Sie tanzt mit geschlossenen Augen. Sie bemerkt nicht, dass ihre Bewegungen zu langsam sind.

Sammy

Die Tür zum Proberaum öffnet sich. Die Eierkartons an den Wänden vibrieren. Sammy nickt Carla zu. Die letzte Wiederholung des Refrains. Der Bass spielt Doubletime. Die Snaredrum klingt grell. An manchen Stellen überlagert sie Sammys Stimme. Ein Kampf. Sammy spürt das Mikrofon an ihren Lippen. Sie will keine Kopie sein. Ganz bewusst schleift sie die letzten Töne auf die richtige Höhe. Das ist ihr Stil. Den Ton nach oben ziehen, nicht direkt treffen. Das hört sich schräg an. Das reibt in den Ohren der Zuhörer, wirft Fragen auf. Hinter jeder Note könnte Schluss sein.

»Krass«, sagt Carla, nachdem Stille eingekehrt ist. »Warum sollen wir nicht mitmachen? Wäre doch scheiße, wenn wir nur

deshalb keinen Deal kriegen, weil wir's nicht probiert haben.«
Sammy trinkt einen Schluck Wasser. Ihr Mund ist staubtrocken.
Sie stellt die Flasche auf den Bassverstärker. »Und was dann?«,
fragt sie. »Wie soll es weitergehen? Werden wir dann Stars, oder
was? Ist das dein Plan? Berühmt zu werden, fett Kohle zu machen
und nutzlose Sachen zu kaufen?«

»Darum geht es nicht. Auch wenn mehr Geld nicht schlecht
wäre. Ich hätte einfach gern mal ein amtliches Demo. Nicht dieses dumpf abgemischte Zeug. Hast du mal deine Stimme gehört,
wenn sie richtig aufgenommen ist? Das klingt bestimmt um
Welten besser.«

»Ist doch nicht wichtig.«

»Warum ist das nicht wichtig? Weil du merken könntest, dass
du es kannst? Dass du eigentlich zu gut bist für uns?«

»Was?« Sammy zögert einen Moment. Sie muss sich beherr-
schen, nicht zu lächeln. War das eben ein Kompliment? Hat
Carla das ernst gemeint? »Das … das ist doch totaler Quatsch.«
Carla legt die Gitarre aus der Hand. »Wir könnten doch abstimmen, ob wir beim Battle mitmachen wollen. Die Mehrheit entscheidet.«

»Wann ist der Battle überhaupt?«, fragt Sammy.

»Am Achtzehnten.«

»In zehn Tagen?«

»Kannst du da nicht?«

»Doch … hab nur überlegt, ob da was ist.«

»Sitzt auch ein Typ von 'nem Indie-Label in der Jury. Ist also
kein Kommerz, falls du wieder damit kommen willst.«
Sammy nickt geistesabwesend. Und einen Tag später wird sie
nicht mehr da sein. Ein letzter Auftritt. Dann wäre alles vorbei.
Was für ein Abgang!

»Du bist nicht die Band!«, sagt Carla ernst.

»Nein. Nein, bin ich nicht.« Sammys Gesicht zeigt keine Regung.

Wie ein Pokerspieler, der um keinen Preis seine Strategie verraten will. »Lasst uns abstimmen.«

»Wer ist dafür, dass wir mitmachen?« Carla blickt erwartungsvoll in die Runde. Sie hebt als Erste die Hand. »Keiner?«

Sammy beginnt zu grinsen. Dann geht ihre Hand nach oben. Die Hände der andern beiden folgen.

Carla schüttelt den Kopf. »Ihr seid so witzig.«

5. WER KANN DICH RETTEN?

Marie

Marie schließt die Tür auf. Im Wohnzimmer brennt noch Licht. Der Fernseher läuft. Sie hängt ihre Jacke an die Garderobe und stellt ihre Schuhe ins Regal. Ihre Mutter ruft durch die angelehnte Glastür. Marie betrachtet sich im Spiegel. Sie ist den Weg von der Bushaltestelle barfuß durch den Regen gegangen. Hat sogar einen Umweg durch den angrenzenden Park gemacht, um das Gras unter den Füßen zu spüren und die Tropfen auf der Haut. Nasse Strähnen kleben auf ihrer Stirn, aber ihr ist nicht kalt.

»Und, wie war's?« Ihre Mutter setzt sich auf und legt die Decke neben sich. »Mäuschen, du bist ja ganz nass. Hast du den Schirm vergessen?«

»Ich schick Lili gleich 'ne SMS.«

»Willst du dich vorher nicht erst mal abtrocknen? Nachher holst du dir noch einen Schnupfen.«

»Der Regen hat sich warm angefühlt.«

»Hat er das?« Ihre Mutter lächelt. »Und wie war die Party?«

»Schön.«

»Gibt es davon auch noch eine längere Version?«

»Wir haben getanzt und gequatscht. War nett.«

»Komm mal her.«

Marie nimmt auf dem Sofa Platz. Wenn sie so weitermacht, wird ihre Mutter niemals begreifen, weshalb sie sich umgebracht hat.

Sie wird sich Vorwürfe machen, nichts bemerkt zu haben. Sie wird allen, auch ihrem Vater, von diesem Abend erzählen. Wie sie nebeneinandergesessen haben und die Welt in Ordnung schien. Aber sie hat keine Wahl. Sie muss ihre Rolle zu Ende spielen. Bis der Vorhang fällt und sie endlich abgehen kann.

»So gefällst du mir wieder viel besser.«

»Ich soll dich von Mara grüßen.«

»Ihr habt wieder Kontakt? Das ist toll. Sie kann ruhig mal wieder bei uns übernachten, oder wir können zusammen ins Kino gehen, jetzt, wo ihr euch wieder vertragt. Man kann sich eben nicht aussuchen, wo die Liebe hinfällt. Ist gut, dass du das eingesehen hast.«

Marie nickt. Sie fühlt sich geborgen in den Armen ihrer Mutter. Wahrscheinlich ist es die Wärme und der Geruch. Ihre Mutter riecht nach Creme, nach Vanille. Seit sie denken kann. Vielleicht speichert jedes Kind einen speziellen Duft in seinem Gehirn ab und ist entspannt und zufrieden, sobald es ihn wahrnimmt.

»Wie war ich eigentlich als Baby?«

»Wie du als Baby warst?« Ihre Mutter hebt die Brauen. »Zerbrechlich. Bist ja einige Wochen zu früh auf die Welt gekommen.« Sie greift nach Maries Arm. »Winzige Ärmchen hast du gehabt. Aber geschrien hast du … boah … das war manchmal ganz schön anstrengend. Erst als dein Vater entdeckt hat, dass du auf Jazz stehst, ist das besser geworden.«

»Und die Schwangerschaft? Wie war die so?«

»Die ersten Monate war mir jeden Morgen schlecht. Ich wollte gar nicht mehr aufstehen. Dein armer Vater. Ständig hatte ich miese Laune. Ich glaub, mit meinem Gejammer hab ich ihn fast in den Wahnsinn getrieben. Aber es hat sich ja gelohnt. Papa kommt übrigens morgen Mittag am Flughafen an. Er würde sich bestimmt freuen, wenn wir ihn gemeinsam abholen.«

Yoshua

Das Mädchen sitzt vor der Zwei. Die Sonne strahlt sie von hinten an. Ihre Haare leuchten wie ein Weizenfeld. Bis zu den Schultern. Ihr Gesicht wird vom Monitor verdeckt. Yoshua schaut auf die Uhr. Gleich müsste sie aufstehen. Diesmal will er ihr Gesicht sehen. Diesmal will er wissen, mit wem er es zu tun hat.

Der tätowierte Mann reicht ihm einen gelben Zettel mit dem Code. »Eine Guthabenkarte lohnt sich schon ab dem dritten Mal. Und das nächste Mal ist das dritte Mal, wenn ich richtig gezählt habe.«

Yoshua nickt geistesabwesend. Er sieht, wie das Mädchen zum Handy greift. Der Zettel fällt ihm aus der Hand. Er bückt sich. Ein stechender Schmerz lässt ihn aufstöhnen. Sein Knie. Dieses verdammte Knie. Er muss sich an einem Hocker festhalten, um es zu entlasten. Schreien könnte er, so weh tut es.

»Kaputte Knochen? Fängst ja früh an.« Der Mann seufzt tief. »Ich sag's ja immer: Sport ist Mord.«

Yoshua sinkt auf den Hocker. Er versucht, das Knie zu strecken. Ganz schafft er es nicht. Er muss endlich wieder Rad fahren. Aber erst muss das Programm stabiler laufen. Ständig liefert es Fehlermeldungen und bruchstückhafte Chatprotokolle. Als würde er einen Film anschauen, bei dem ganze Szenen herausgeschnitten wurden.

Ein kühler Luftzug streift über seinen Nacken. Straßenlärm, das ungeduldige Hupen eines Autos. Er dreht sich um. Eine leise Ahnung, den Moment verpasst zu haben. Die Tür fällt ins Schloss. Eine schlanke Silhouette huscht am Schaufenster vorbei. Sie ist weg!

»Geht's wieder?«, fragt der tätowierte Mann. »Ein Glas Wasser?«

»Scheiße!«

»So schlimm? Soll ich dich zum Arzt bringen?«

»Nein, ach, egal.« Enttäuscht humpelt Yoshua hinüber zum frei gewordenen Platz. Der Stuhl ist noch warm. Auf dem Tisch ist der feuchte Abdruck einer Dose zu erkennen. Mit dem Zeigefinger malt er ein Fragezeichen. Er blickt auf den Bildschirm. Er ruft sein Programm auf und betrachtet die Einwahlzeiten. Es besteht kein Zweifel: Das Mädchen gehört zu dem Trio. Nur mit welcher Stimme sie im Chat spricht, kann er nicht erkennen.

Marie

Der Mann hinter dem Schalter rückt seine Krawatte gerade. »Wie kann ich Ihnen helfen?«

Marie zieht einen Stapel Geldscheine aus ihrem Portemonnaie und legt ihn auf den Tresen. »Ich möchte gerne ein Konto eröffnen.«

»Gerade Geburtstag gehabt? Nicht schlecht.« Der Mann begutachtet die Scheine. »Sind Sie schon Kundin unserer Bank?«

»Nein.«

»Volljährig?«

»Ein Sparkonto. Das geht doch auch ohne ...«, sie stockt, »Unterschrift der Eltern.«

»Bei Minderjährigen brauchen wir immer die Zustimmung von mindestens einem Erziehungsberechtigten.« Der Mann zuckt die Achseln. »Vorschrift. Leider.«

Marie nimmt das Geld vom Tresen. »Dann eben nicht.«

»Soll ich Ihnen ein Formular mitgeben? Automatengebühren fallen nicht an. Der Zins ist momentan nicht berauschend, aber das ändert sich wieder.«

»Danke, nein.«

»Ist in wenigen Minuten eingerichtet, wenn alle Unterlagen da sind.«

TRAIN: Du willst also nur deshalb Schluss machen, weil du das Leben sinnlos findest? Das ist alles?

SAILOR: Was heißt hier, das ist alles? Das ist der Grund der Gründe. Oder hast du was Besseres anzubieten?

TRAIN: Nein, wahrscheinlich nicht.

SAILOR: Kommt da jetzt noch eine Erklärung?

TRAIN: Nein, ist meine Sache.

SAILOR: Versteh ich nicht. Was wäre so schlimm, wenn wir voneinander wüssten, warum wir keinen Bock mehr haben? Glaubt ihr im Ernst, dass ich jemand davon erzähle?

TRAIN: Nein. Das geschieht ganz von selbst. Nichts, was man über die Datenleitung schickt, ist sicher. Wenn es jemand drauf anlegt, kann er alles wiederherstellen.

SAILOR: Das ist eine billige Ausrede.

TRAIN: Wenn du das so siehst. Ich werde jedenfalls erst dann reden, wenn ihr neben mir steht.

SAILOR: Tolle Vertrauensbasis. Und du, Whisper? Hast du deine Meinung vielleicht geändert?

WHISPER: Nein.

SAILOR: Du willst jemanden schützen, stimmt's?

WHISPER: Hör damit auf!

SAILOR: Okay. Nur noch eine Frage: Werdet ihr geliebt?

TRAIN: Kommst du jetzt durch die Hintertür, oder was?

SAILOR: Nein. Interessiert mich halt.

WHISPER: Ja, ich werde geliebt.

SAILOR: Und du, Train?

TRAIN: Ich denk schon. Aber ich glaub, es gibt wenige Leute, die geliebt werden, weil sie sind, wie sie sind. Die meisten müssen sich verstellen und ihre Schattenseiten verstecken. Und wenn der Betrug eines Tages auffliegt, stehen sie alleine da.

WHISPER: Aber es gibt doch auch Menschen, die Angst haben zu lieben und deshalb lieber auf Distanz gehen.

TRAIN: Warum? Weil sie Angst haben, verletzt zu werden?

WHISPER: Nein. Weil sie wissen, dass diese Liebe zerbricht, sobald die Wahrheit ans Tageslicht kommt.

SAILOR: Darf ich raten? Du steigst mit deinem Lehrer ins Bett, und der hat Frau und Kind, die er nicht verlassen will.

WHISPER: Kannst du mal damit aufhören, zu spekulieren? Das nervt.

SAILOR: Schon gut. Kommt nicht wieder vor. Aber du machst es einem auch nicht gerade leicht. So wie du immer Appetithäppchen in die Runde wirfst. Vielleicht solltest du dazusagen, wann Fragen erlaubt sind und wann nicht, damit wir darauf Rücksicht nehmen können.

WHISPER: Ist gut. Du musst nicht gleich ironisch werden.

SAILOR: Sorry. Kann ich nicht steuern.

TRAIN: Seid ihr eigentlich noch Jungfrau?

SAILOR: Meines Erachtens wird Sex überbewertet.

TRAIN: Ich hab noch nie. Ich mein, ich hab es mir schon hundertmal vorgestellt, aber nie getan.

WHISPER: Können wir das Thema wechseln? Ich geh sonst off.

SAILOR: Hab ich das richtig verstanden? Du hast noch nie Sex gehabt?

WHISPER: Ich logg mich jetzt aus.

SAILOR: Jetzt warte doch mal, Whisper. Was ist dein Problem? Bist du in irgend so 'ner Sekte oder was?

WHISPER: Geht einfach keinen was an.

TRAIN: Klingt nach schlechter Erfahrung.

SAILOR: Oder gar keiner.

WHISPER: Was wisst ihr schon.

SAILOR: Dass Sex Spaß macht, vorausgesetzt, beide wollen dasselbe.

TRAIN: Ich würde gern wissen, wie es sich anfühlt. Ob es so cool ist, wie alle tun. Oder ob da nur übertrieben wird, wie bei allem.

SAILOR: Es wird übertrieben. Das ist auf jeden Fall so. Trotzdem bin ich froh, dass ich es schon gemacht hab. Wie gesagt: Wenn alles stimmt, kann es wunderschön sein. Aber wenn du's unbedingt noch testen willst, bevor wir springen, musst du dich beeilen oder jemanden engagieren. Im Internet kann man sich ja praktisch alles nach Hause bestellen. Callboys, Callgirls. Alt, jung, schön, hässlich. Mit Geld lässt sich alles regeln.

TRAIN: Dafür zahlen? Dann verzichte ich lieber.

SAILOR: War nur ein Vorschlag. Kannst natürlich auch als Jungfrau springen. Auch wenn's schade wäre. Ich mein, egal, wie unentspannt das erste Mal ist. Ich finde, einmal sollte man das schon getestet haben. Und wenn es nur dazu gut ist, festzustellen, dass Sex überbewertet wird. Ich kann dir eventuell auch meinen Körper anbieten. Gratis, versteht sich. Vorausgesetzt, dass ich zu deinen Vorstellungen passe. Vielleicht am Abend vor dem Sprung. Würde ich dir als Abschiedsgeschenk machen.

TRAIN: Verzichte.

SAILOR: Ich bin nicht hässlich! SMILE.

TRAIN: Darum geht es nicht.

SAILOR: Du bist also doch ein Mädchen?

TRAIN: Warte mal.

SAILOR: Bis du nachgeschaut hast?

TRAIN: Witzig! Whisper ist offline gegangen. Wir sollten das gemeinsam entscheiden.

SAILOR: Können wir nicht den Anfang machen?

TRAIN: Nein.

SAILOR: Spielverderber. Kannst du zufällig Geschichten erzählen?

TRAIN: Geschichten erzählen?

SAILOR: So zum Einschlafen.

TRAIN: Du meinst Märchen.

SAILOR: Keine Märchen. Sind zu grausam. Geschichten. Wie Pippi

Langstrumpf oder so. Irgendwas Kindisches mit Message, aber nicht zu traurig.

TRAIN: Mit Message, aber nicht zu traurig? Du bist schon merkwürdig.

SAILOR: Sonst wäre ich wohl nicht hier. SMILE.

TRAIN: Mein Vater hat mir als Kind immer vorgelesen. Kann mich aber nur noch an Dr. Dolittle erinnern.

SAILOR: Das gab's doch mal als Film.

TRAIN: Das Buch war aber zuerst da!

SAILOR: Schon gut. Schieß los.

TRAIN: Im Chat?

SAILOR: Du kannst es auch mit Rauchzeichen versuchen.

TRAIN: Muss erst noch mal reinschauen. Ist schon ewig her, dass mir mein Vater daraus vorgelesen hat. Morgen Abend, okay?

SAILOR: Okay. Dann hab ich schon was, worauf ich mich freuen kann. Ich würde jetzt gerne deine Stimme hören. Das ist der Scheiß am Chatten. Man ist irgendwie verbunden, aber doch nicht richtig. Halb einsam. Halb befreundet. Halb am Leben. Was für 'ne Scheiße. Schlaf gut.

TRAIN: Du auch.

6. WEN LIEBST DU?

Sammy

Die Plakate für den Band-Wettbewerb liegen ausgebreitet auf dem Boden. Carla verteilt sie auf vier Stapel. Sammy setzt sich auf den Verstärker und trommelt ungeduldig darauf herum.

»Wieso sollen *wir* die eigentlich aufhängen?«

Carla schnalzt mit der Zunge. »Weil wir keine Konzertagentur haben, die das für uns erledigt.« Sie verdreht die Augen. »Das Publikum entscheidet, wer weiterkommt. Ich schick heut auch noch 'ne Rundmail raus. Auf MySpace hab ich das Datum schon gepostet. Die andern Bands machen das auch.«

»Ist das so wichtig?«, fragt Sammy.

»Was?«

»Zu gewinnen.«

»Ich fänd's jedenfalls cool, endlich eine CD zu haben, die nicht nach Proberaum klingt. Und ein paar zusätzliche Klicks wären auch nicht schlecht.«

»Zusätzliche Klicks. Wir machen also Werbung?«

»Wenn du keinen Bock hast, übernehme ich auch deinen Stapel. Aber falls du's vergessen hast: Die Idee mit dem Internet ist auf deinem Mist gewachsen.«

»Schon gut. Wäre ja schön, wenn ein paar Leute kommen.« Sammy schnallt sich die Gitarre um. Sie schaltet den Verstärker ein und beginnt, einzelne Töne zu zupfen. Moll. Dann der Wechsel zu Dur. Sie beginnt zu singen. Sie weiß nicht, woher all die Melodien kommen. Sie hat es sich noch nie überlegt. Sie probiert aus, was passen könnte. Sobald es einigermaßen klingt, kitzelt es in der Magengegend. Das ist das Zeichen. Das Kitzeln. Und die Worte? Ihr Englisch ist nicht gut genug, um ausgefallene Songtexte zu schreiben. Aber spielt das überhaupt eine Rolle? Wenn man ehrlich ist, werden es die Leute schon mitkriegen.

»Neu?«, fragt Carla.

Sammy hebt die Schultern. »Weiß nicht.« Sie sieht verletzlich aus. »Gibt's bestimmt schon.«

»Ich mag den Wechsel. Baut Spannung auf. Hast du schon einen Text?«

»Ich dachte, du hasst Balladen.«

»Nur, wenn sie kitschig sind.«

»Und … das ist *nicht* der Fall?«

Carla schüttelt den Kopf. »Der Song hört sich cool an. Authentisch. Das ist der Unterschied zu der ganzen Radio-Kacke. Kannst du noch mal anspielen?«

In Sammys Gesicht flackert ein Lächeln auf. Sie schließt die Augen. Das Kitzeln in der Magengegend verschwindet. So schnell, wie es gekommen ist. Es macht Platz für ein anderes Gefühl. Angst. Wie eine eiserne Faust windet sie sich in ihren Eingeweiden. Verdrängen. Ignorieren. Es gelingt ihr nicht. Sobald das Glück vor ihr auftaucht und bereit ist, sie in die Arme zu schließen, öffnet sich unter ihr der Boden. Sie glaubt zu fallen. Sie kann nicht vertrauen. Weder dem Moment noch den Tönen, die aus ihr herauskommen, und erst recht nicht den Menschen, die sie umgeben. Zig Mal hat sie es schon versucht. Ohne Erfolg. Schwarze Wolken lassen sich nicht einfach zur Seite schieben. Eine bleierne Traurigkeit überfällt sie aus dem Hinterhalt, drückt sie auf den Boden und raubt ihr die Luft zum Atmen.

Sammys Finger versteifen sich. Das Picking gerät aus dem Takt. Die dünnen Stahlsaiten schneiden ihr in die Haut. Sie öffnet die

Augen, hätte große Lust zu weinen, loszuplärren wie ein kleines Kind. Der Raum, die Band, die Musik. Alles ein einziges, beschissenes Déjà-vu. Auch die Melodie, die aus ihrem Mund kommt. Schon da gewesen! Ein Remix aus Erinnerungen, der vorgibt, etwas Besonderes – *einzigartig* – zu sein, aber nur Kopie ist. Die besten Songs sind schon geschrieben. Auch deshalb will sie gehen. Weil das Leben nur aus Wiederholungen besteht.

Marie

Seit einer halben Stunde steht Marie im Regen. Ihre Klamotten sind durchgeweicht. Sie zittert. Aber die Nässe stört sie nicht. Auch nicht der scharfe Ostwind, der langsam die Wärme von ihrer Haut schält. Sie beobachtet den Eingang zur Diskothek. Sie trägt die Sachen, die sie mit ihrer Mutter gekauft hat. Die Pfennigabsätze ihrer Pumps bohren sich immer tiefer in den feuchten Untergrund. Dampf steigt über den rotierenden Suchscheinwerfern auf. Der Parkplatz füllt sich. Autotüren öffnen sich. Autotüren werden zugeschlagen. Gelächter. Ausschnitte von Unterhaltungen. Der Wind flaut ab. Marie tritt aus dem Schatten heraus. Sie stapft hinüber zum Eingang. An ihren Schuhen klebt Erde. Sie reibt sie an einem Grasbüschel ab. Nur noch zehn Meter. Sie bleibt stehen, greift in ihre Handtasche. Zuerst ertastet sie das Pfefferspray, dann die scharfe Klinge des Küchenmessers. Der Film in ihrem Kopf läuft weiter. Eine Vorschau. Ab achtzehn. Sein Gesicht. Sie kann sich noch genau an sein Gesicht erinnern. An dieses freundliche Lächeln. An die hellen Zähne und die leuchtend blauen Augen. Er wird nie wieder lachen, wenn sie mit ihm fertig ist. Nie wieder. Jedes Mal, wenn er in den Spiegel schaut, wird er sich wünschen, ihr nie begegnet zu sein.

Mit dem Zeigefinger streicht sie über das kühle Metall. Sollte sie ihm diese Strafe ersparen? Sollte sie ihm einfach die Kehle durchschneiden? Ihn ausbluten lassen wie ein Tier und dabei zusehen, wie das Leben tropfenweise aus ihm heraussickert? Würde das ausreichen, um mit Genugtuung von diesem Planeten zu verschwinden?

Sie stellt sich in die Schlange. Ein schwarzhaariger Junge mit Sonnenbrille diskutiert mit dem Türsteher. Neben ihm stehen ein paar seltsame Gestalten, wahrscheinlich seine Freunde.

»Noch einmal so 'n Ausraster und der Laden ist für euch gestorben. Verstanden?«

»War 'ne Scheißschwuchtel.« Der schwarzhaarige Junge rümpft verächtlich die Nase. Seine Kumpels nicken zustimmend. Die Miene des Türstehers erhellt sich. »Na, geht schon.« Er winkt sie durch. »Viel Spaß.«

Marie schüttelt innerlich den Kopf. Was für Idioten, denkt sie. Merken die denn gar nicht, wie lächerlich sie sind? Vor allem der Dicke mit der Goldkette um den Hals. Solche Gestalten sieht man immer in Talkshows. Nachmittags. Ihre Mutter schaut sich manchmal solche Sendungen an. Beim Bügeln. Wenn Marie von der Schule nach Hause kommt, amüsieren sich die beiden über die kaputten Menschen, denen es zu gefallen scheint, ihr kleines Leben vor der ganzen Welt auszubreiten. Warum denken die eigentlich nicht an Selbstmord? Was sehen die, wenn sie in den Spiegel schauen? Ein Trugbild, eine optische Täuschung? Ist deren Gehirn gar nicht fähig, die Wirklichkeit zu zeigen? Vielleicht denken die tatsächlich, dass sie glücklich sind. Oder sie sind glücklich, weil sie gar nicht wissen, wie erbärmlich ihr Leben ist. Wahrscheinlich ist das der Trick. Der Trick ist, in den Spiegel zu sehen und sich für jemand anderen zu halten als der, der man tatsächlich ist. Egal, wo man herkommt. Egal, was passiert ist.

Nidal

Nidal steht an der Bar. Heute trägt er kein Bändchen ums Handgelenk. Das wollte ihnen der Türsteher nicht geben. Strafe muss sein. Die Tanzfläche füllt sich. Der DJ sucht den richtigen Song, mit dem er die Gäste einfangen kann. Der Einstieg ist immer das Schwierigste. Rafti setzt sich auf einen Barhocker. Er beugt sich zu Nidal. »Und, bist du dabei?«

»Ist doch kacke. Wenn sie euch erwischen, landet ihr im Knast.«

»Quatsch. Das Zeug kann man nach ein paar Stunden nicht mehr nachweisen.« Rafti lässt seinen Blick schweifen. Zwei Mädchen setzen sich auf ein Sofa.

»Ich bin dabei«, sagt Patty und weicht Nidals Blick aus.

Rafti grinst. »Was hältst du von den beiden?«

»Nicht schlecht, aber ...«

»Ich will damit nix zu tun haben«, fällt ihm Nidal ins Wort. »Ist doch scheiße.« Er steht auf. »Patty, komm!«

»Will nur seh'n, ob's funktioniert.«

»Geh halt, wenn du so drauf bist«, sagt Rafti. »Willst doch ohnehin lieber mit deinen *neuen* Freunden abhängen. Wir sind dir doch peinlich. Vielleicht solltest du dir auch gleich 'ne andere Adresse zulegen. Kommt nicht so gut, wenn man bei den Assis wohnt. Migrationshintergrund.«

Nidal packt Rafti am Kragen. »Jetzt hör mal zu!« Er lässt ihn wieder los. »Ach, vergiss es.«

Der Barkeeper stellt die Getränke auf den Tresen. Nidal verschwindet in die Dunkelheit. Er schaut ein letztes Mal zurück. Patty und Rafti rücken den beiden Mädchen auf die Pelle. Patty lacht lauthals. Das ist ansteckend. Er ist nicht hübsch, aber sein Lachen kommt gut an. Immer. Damit kann er punkten. Vielleicht werden sie es nicht tun. Vielleicht genügt es ihnen, zu wissen, dass sie es tun könnten. Das wünscht sich Nidal. Das hofft er. Und wenn es doch passiert, wird er das schlechte Gewissen mit ins Grab nehmen. Er kann sie nicht aufhalten.

Marie

Drinnen ist noch nicht viel los. Marie verschwindet auf die Toilette und erneuert ihr Make-up. Sie lässt sich Zeit. Sie weiß, dass er da ist. Sie hat ihn gesehen. Er steht hinter der Bar. Und er wird ihr nicht entkommen. Das ist ihre Nacht. Sterben soll er nicht. Das hat sie nun entschieden. Er soll sich an sie erinnern. Auch wenn sie nicht mehr da ist, soll er jedes Mal an sie denken, wenn er in den Spiegel schaut. Das Urteil ist gesprochen.

SAILOR: Schreibt ihr einen Abschiedsbrief?

TRAIN: Was soll da drinstehen?

SAILOR: Die Wahrheit.

WHISPER: Was ist denn die Wahrheit? Dass keiner da ist, wenn man Hilfe braucht? Dass man Fehler nicht mehr rückgängig machen kann? Ist das die Wahrheit? Ich will keinen Abschiedsbrief schreiben.

SAILOR: Aber das ist unfair. Zumindest gegenüber denjenigen, mit denen man klargekommen ist.

WHISPER: Unfair? Die Wahrheit ist unfair. Jemanden damit zu belasten, der es nicht verdient hat.

TRAIN: Ich glaub, ich schreib keinen Brief. Dass ich mich umbringe, ist schlimm genug für meine Familie. Sollen nur nicht denken, dass es ihre Schuld ist. Das ist nicht so. Es ist meine Entscheidung. Also müsste das vielleicht drinstehen. Nicht der Grund, sondern nur, dass es meine Entscheidung war. Vielleicht würde ihnen das helfen, drüber hinwegzukommen. Aber wie gesagt: Eigentlich hab ich nicht vor, einen Brief zu schreiben.

SAILOR: Ich hab ein paar Briefe geschrieben. Gibt ja einige Leute, denen ich noch was sagen möchte. Aber vielleicht ist es auch Schwachsinn. Können ja nur noch an meinem Grab stehen und kriegen keine Antworten mehr. Wahrscheinlich ist es das Beste, einfach weg zu sein.

TRAIN: Wie stellt ihr euch eure Beerdigung vor?

WHISPER: Gar nicht.

SAILOR: Die Leute werden heulen, und der Pfarrer wird was Dämliches faseln, dass Gott mich zu sich geholt hat, weil ich für eine andere Aufgabe bestimmt war, oder so. Ist immer dasselbe. Vielleicht schreib ich ein Testament. Eine Anleitung für meine Beerdigung. Dass keiner dunkle Klamotten tragen darf und Alk in Strömen fließen soll. Eine Trauerfeier mit lauter Besoffenen. Das stell ich mir cool vor.

WHISPER: Und wenn die Leute was Falsches denken?

TRAIN: Was Falsches?

WHISPER: Na ja, sind ja schnell irgendwelche Lügen im Umlauf. Ich will nicht, dass die glauben, dass mich mein Vater angefasst hat oder so was. Das fände ich ungerecht.

TRAIN: Wieso sollte das jemand glauben?

SAILOR: Whisper hat recht. Die Leute kommen mit Gerüchten besser klar als mit lauter Fragezeichen. Kaum einer gibt sich damit zufrieden, dass jemand aus dem Fenster springt, weil er auf die ganze Scheiße pfeift. Die wollen lieber hören, dass er verrückt oder depri war oder Schulden hatte oder so was. Damit können sie was anfangen. Eine banale Erklärung, damit sie nicht selber ins Zweifeln kommen. Bei Schauspielern, bei Stars heißt es immer, dass sie Drogen- oder Alkoholprobleme hatten und deshalb 'nen Abgang gemacht haben. Die tun immer so, als könnten sie in die Köpfe reinschauen. Dass jemand einfach die Schnauze voll von allem hier hat, lassen die gar nicht erst gelten. Ich glaub, Kurt Cobain hat es angekotzt, dass man ihn als Geldmaschine benutzt hat, und da hat er die Notbremse gezogen.

TRAIN: Von wem redest du?

SAILOR: Machst du Witze? Vom größten Musiker aller Zeiten! Der hat nur dafür gelebt, Songs zu schreiben. Schau dir seine Videos an. Der ist so krass kaputt.

TRAIN: Und das gefällt dir?

SAILOR: Er ist er selbst. Das gefällt mir! Gibt zu wenige Menschen, die echt sind.

WHISPER: Ich will einfach nur weg sein. Nichts weiter. Dann hört der Schmerz endlich auf.

SAILOR: Habt ihr gerade auch den Donner gehört?

WHISPER: Bei mir war's ziemlich leise.

TRAIN: Jetzt hat es wieder geblitzt.

SAILOR: Ich hab Schiss vor Gewittern.

TRAIN: Zehn Sekunden hab ich gezählt. Drei Kilometer. Kommt, glaub ich, aus Norden. Sind die heftigsten.

SAILOR: Danke für den Hinweis.

WHISPER: Was seht ihr gerade, wenn ihr nach Westen schaut?

SAILOR: Grauen Beton.

TRAIN: Einen Typen, der sich lächerlich macht.

WHISPER: Schaust du fern?

TRAIN: Ja.

WHISPER: Was?

TRAIN: Einen Film.

SAILOR: Geht's genauer?

TRAIN: Titanic.

SAILOR: Mit dem schleimigen Leo. Was für 'ne Schmonzette.

WHISPER: Ich mag den Film. Ist er schon tot?

TRAIN: Nein.

SAILOR: Ertrinken wäre so ziemlich das Letzte. Noch dazu im eiskalten Wasser.

WHISPER: Habt ihr schon mal richtig geliebt? So sehr, dass es wehtut?

TRAIN: Ich schon. Aber das Problem ist doch, dass die Wahrscheinlichkeit, dass der andere genauso empfindet, scheiß gering ist. Und wenn er nicht so stark liebt wie du, dann ist es ein Kompromiss, der früher oder später zum Ende führt. Ich glaub, dass zwei Menschen gleich stark ineinander verliebt sind, gibt's nur im Film. Leo und Kate. Wer weiß, was passiert wäre, wenn der Eisberg ihnen keinen Strich durch die Rechnung gemacht hätte? Vielleicht hätten sie sich irgendwann angenervt, die beiden. Vielleicht ist es sogar besser, dass Leo gestorben ist.

SAILOR: Ich kann mir alleine keine Filme anschauen. Nur, wenn sie in der Glotze kommen oder jemand mitschaut.

TRAIN: Wieso das denn?

SAILOR: Ich kann einfach nicht lachen. Egal, wie lustig der Film ist. Das geht nicht. Wäre doch seltsam, alleine zu lachen. Und bei den meisten anderen Filmen fühle ich mich einsam.

WHISPER: Du guckst also nie alleine mal 'ne DVD? Versteh ich das richtig?

SAILOR: Selten. Nur wenn draußen die Sonne scheint und der Wind das Geräusch vom Freibad rüberträgt, dann geht das ab und zu.

WHISPER: Wir könnten ja 'ne Uhrzeit und einen Film ausmachen, den dann jeder von uns anschaut. Oder sind dir zwei Leute zu wenig?

SAILOR: Ist okay. Hauptsache kein Schmalz. Am besten find ich Krimis, wo sich der Mörder krasse Sachen ausdenkt, um seine Opfer zu quälen, und am Ende selbst ins Gras beißt.

WHISPER: Wollt ihr noch jemanden umbringen?

SAILOR: Umbringen? Das sind ja ganz neue Töne. So kennen wir dich gar nicht, Whisper.

TRAIN: Meinst du Leute, die einen scheiße behandelt haben?

WHISPER: Zum Beispiel.

SAILOR: Wahrscheinlich hat jeder noch 'ne Rechnung offen. Mein

Vater zum Beispiel, den sollte man von seinem Leid erlösen, so dämlich, wie der sich benimmt. Früher hat er oft gelacht. Jetzt kann er das nur noch, wenn er was getrunken hat. Aber das ist dann auch nicht er. Sondern ein Typ voller Komplexe, der sich daran aufgeilt, wie viel Geld ihm seine Firma jeden Monat überweist. Als ich noch klein war, haben wir Urlaub gemacht, mit unserem VW-Bus. Sind ans Meer gefahren oder in die Berge und haben aus Dosen gegessen. Alles war entspannt. Keine Hektik. Überall haben wir angehalten, um Fotos zu machen. Aber das ist vorbei. Selbst meine Mutter hat keinen Bock, was zu ändern. Wenn ich könnte, würde ich den ganzen Luxus-Scheiß verkaufen und wieder in unser altes Haus zurückziehen.

TRAIN: Soll ich ihn für dich umbringen?

SAILOR: Du hast es auf den Porsche abgesehen. Hab ich recht?

TRAIN: Sicher doch.

SAILOR: Dann tu es. Erlöse ihn von seinem Leid.

WHISPER: Spinnt ihr beide jetzt total? Du willst deinen Vater umbringen, nur weil er sich verändert hat? Echt krank. Das ist kein Grund. Er muss ja dieses Leben führen. Warum willst du für ihn entscheiden, dass es sinnlos ist? Vielleicht macht ihn das Geld ja glücklich. Vielleicht genügt es ihm ja, dass alles ist, wie es ist.

TRAIN: Beruhig dich. Ich könnte eh keinen umbringen. Niemals. Nur mich selbst. Übrigens hast du mit dem Thema angefangen. Was ist deiner Meinung nach denn ein Grund, jemanden zu töten?

WHISPER: Rache.

SAILOR: Wofür?

WHISPER: Dass er mein Leben zerstört hat.

SAILOR: Geht es etwas genauer?

WHISPER: Nein.

TRAIN: Aber wegen dieser Person willst du dich umbringen?

WHISPER: Wegen dieser Person kann ich nicht mehr glücklich werden.

SAILOR: Selbst wenn du sie umbringst?

WHISPER: Selbst wenn ich sie umbringe.

Marie

Marie setzt sich an die Bar. Sie überlegt, ob sie an jenem Abend auch an diesem Platz gesessen hat. Etwas weiter links, glaubt sie. Die Erinnerungen sind verschwommen. Sie bestellt eine Cola. Erneut gleitet ihr Blick zu den beiden Mädchen auf der Couch. Sie trinken Cocktails. Vermutlich auf Einladung der Jungs, die sie vorhin schon am Eingang gesehen hat. Der Schwarzhaarige ist nicht mehr dabei. Der Dicke rückt immer näher an das Mädchen mit den Korkenzieherlocken heran. Wahrscheinlich ist sie noch keine sechzehn. Genau wie sie damals. Hochhackige Schuhe und ordentlich Schminke. Es ist so leicht, ein paar Jahre zu überspringen. »Schöne Frauen steigern den Umsatz.« So hat Mara ihr das damals erklärt. Deshalb würden die Türsteher am Wochenende öfter mal ein Auge zudrücken und auf den Ausweis verzichten. Sie wollte es ja unbedingt testen. Wie stolz sie war, als es tatsächlich geklappt hat. Richtig erwachsen hat sie sich gefühlt – und schön. Sofort hat sie Mara eine SMS geschickt. Getanzt hat sie, bis zur Erschöpfung. Sie dachte daran, wie sie am nächsten Morgen von ihrem kleinen Abenteuer erzählen würde. Ihr Vater würde seinen Arm um sie legen und ihr einen Kuss geben. Aber dann musste sie ja unbedingt noch an die Bar gehen. Kurz bevor sie loswollte. Es schien ihr ganz normal, dass der Barkeeper ihr einen Cocktail spendierte. Doch das war der Fehler. Ihr Fehler, nicht der von Mara, wie sie lange geglaubt hatte. Es war alleine ihre Schuld. Vielleicht sollte sie das aufschreiben. Keinen Abschiedsbrief, sondern eine Entschuldigung.

Marie legt das Geld auf den Tresen. Ihre Hand beginnt zu zittern. Sie umklammert das Glas und führt es an ihre Lippen, während ihr Blick auf den beiden Jungs ruht. Der Dicke lacht. Das Mädchen, das ihm gegenübersitzt, lässt sich davon anstecken. Der Junge mit dem Fuchsgesicht tut so, als würde er mitlachen. Aber das ist nicht echt. Heute würde sie nicht mehr auf so was reinfallen. Maries Muskeln versteifen sich. Aus dem Augenwinkel erkennt sie ein anderes Gesicht. *Sein* Gesicht. Sie berührt die Klinge in ihrer Tasche und versucht, sich zu beruhigen. Sie muss ihn dazu bringen, mit ihr vor die Tür zu gehen. Sie schlägt ihre Beine übereinander und versucht zu flirten. Sie lächelt. Es funktioniert. Er kommt zu ihr herüber und fängt ein Gespräch an. Er scheint sich allen Ernstes nicht an sie zu erinnern. Vielleicht liegt es an ihren Haaren. Sie sind damals länger gewesen. Und stärker geschminkt war sie an jenem Abend auch. Aber das macht die Sache schon einfacher. Egal, wie vielen Mädchen er das noch angetan hat, heute Nacht wird er dafür büßen.

Während sie reden, stellt sich Marie vor, wie sie ihn mit dem Messer bearbeitet. Seine kleine Nase, die vollen Lippen. Er soll entstellt aussehen. Er soll die Blicke der Menschen auf sich ziehen und sie fürchten.

Das Geräusch von splitterndem Glas unterbricht ihre Unterhaltung. Der dunkelhaarige Junge ist wieder aufgetaucht. Er muss den Tisch umgestoßen haben. Seine Freunde brüllen ihn an. Sofort kommt die Security angerannt. Sie fangen an zu streiten. Der Junge wird von zwei bulligen Typen abgeführt. Auf dem Boden glitzern Scherben. Eines der Mädchen tupft sich mit einem Taschentuch die Bluse.

»Der Typ hat wohl seine gute Kinderstube vergessen.« Der Barkeeper stellt Marie eine Schale mit Erdnüssen hin und räumt ihr Glas weg. »Darf ich dir noch was ausgeben? Was Richtiges?«

»Mit Wodka?«

»Und besten Zutaten.«

Marie streift sich den Rock glatt. Ihr Blick kehrt mit einem Lächeln zurück. »Bin aber noch minderjährig«, sagt sie mit Augenaufschlag.

»Das will ich nicht gehört haben.« Der Mann lässt seine weißen Zähne aufblitzen.

»Nachher.« Marie erhebt sich. »Lass uns nach draußen gehen.« Sie fächelt sich Luft zu. »Ist ganz schön heiß hier drin.«

»Ich mag Frauen, die wissen, was sie wollen.« Mit einem Zwinkern signalisiert er seinem Kollegen, zu übernehmen. Plötzlich verfinstert sich seine Miene. »Bist du schon mal hier gewesen?« Für eine Sekunde entgleisen Marie die Gesichtszüge. »Nein«, sagt sie. »Nein.« Ihr Magen krampft. Sie fängt sich wieder. Sie lächelt. »Ist mein erstes Mal.«

»Hätte mich auch gewundert. An so eine schöne junge Lady würde ich mich erinnern.«

Yoshua

Yoshuas Blick geht nach links. Ein zaghaftes Lächeln breitet sich auf seinem Gesicht aus. Sie ist gekommen. Sie trägt einen zerschlissenen Jeansrock, Strumpfhosen mit Längsstreifen und grüne Doc Martens. Er könnte sie ansprechen, ihr auf den Kopf zusagen, dass er ihren Plan kennt. Aber wie würde sie reagieren? Wegrennen? Ihn stehen lassen? Die anderen warnen? Womöglich würden sie es, aus Angst aufzufliegen, sofort tun. Nicht mehr warten, sondern sich noch heute umbringen. Dann wäre es seine Schuld. Das kann er nicht riskieren.

Das Mädchen setzt sich an einen der Computer. Die Zwei ist besetzt, also entscheidet sie sich für den Platz daneben. Sie tippt entschlossen. In den Pausen nippt sie an ihrer Cola. Aus ihrer

Umhängetasche ragt eine Papierrolle. Vielleicht malt sie. So wie sie aussieht, könnte sie sich für Kunst interessieren. Jetzt steht sie auf. Kaum eine Minute ist vergangen. Wahrscheinlich ist keiner der anderen online. Meist unterhalten sich die drei ja bei Nacht. Sie scheinen keine festen Zeiten zu haben. Es ist ihm noch immer nicht gelungen, in Echtzeit mitzulesen. Wenigstens fliegt er nicht mehr so oft raus. Aber trotzdem sind die Chatprotokolle lückenhaft. Er versucht sich vorzustellen, wie dieses Mädchen irgendwo runterspringt. Er sieht ihren schlanken Körper verdreht auf dem Asphalt liegen. Eine Blutlache neben dem Kopf. Den Mund geöffnet. Dieses Bild macht ihm Angst. Ist man nicht auch ein Mörder, wenn man wegschaut? Hat der Typ, der ihn damals mit seinem Auto erwischt hat, seinen Tod billigend in Kauf genommen? Aus Feigheit oder Angst vor den Konsequenzen? Wahrscheinlich weiß er gar nicht, dass er überlebt hat. Aber das schlechte Gewissen, davor kann man nicht weglaufen.

Yoshuas Blick haftet auf dem Mädchen. Sie zieht die Papierrolle aus der Tasche, geht damit zur Theke. Ihr Gang ist selbstbewusst. Als könne ihr nichts und niemand etwas anhaben. Sobald sie den Ort und die Uhrzeit festgelegen, wird er die Polizei benachrichtigen. Wahrscheinlich will sie nicht gerettet werden, genauso wenig wie die andern. Aber das ist nicht sein Problem. Tatenlos zusehen, das kann er nicht. Und wenn das hier vorbei ist, wird er sein Programm zerstören, es löschen und nie wieder in geschützten Chats rumschnüffeln.

Er hat zwar noch keine Ahnung, wie er der Polizei erklären soll, wie er an die Informationen gekommen ist, ohne sich selbst reinzureiten. Aber was spielt das für eine Rolle. Ins Gefängnis werden sie ihn dafür schon nicht stecken.

Ihre Blicke kreuzen sich. Yoshua könnte sie ansprechen. Das wäre seine Chance. Er sucht nach dem richtigen Einstieg. Plötzlich hat er das Gefühl, rot zu werden. Er senkt den Blick. Sieht so ein Mädchen aus, das sich umbringen will? So schön? So unglaublich schön. Und dieses Lächeln. Kann sich jemand derart verstellen?

Sein Atem beruhigt sich. Vorsichtig hebt er den Kopf. Sie ist weg! Scheiße! Das kann nicht wahr sein. Er hat es vermasselt. Noch fünf Tage. Was, wenn sein Programm erneut versagt? Er ballt seine Hände zu Fäusten, will irgendwo gegen schlagen. Er wird sie nie wiedersehen. Nie wieder. Sie wird irgendwo runterspringen. Sterben. Und nicht mal das wird er mitbekommen. Er steht auf. Sein Guthaben ist aufgebraucht. Ein breitschultriger Typ versperrt die Sicht zur Theke. Der Typ setzt sich hin. Erleichterung. Da steht das Mädchen. Sie unterhält sich mit dem tätowierten Mann. Lächelnd rollt sie ein Plakat aus und legt es auf die Glastheke. Das Deckenlicht spiegelt sich in der glänzenden Oberfläche. Außer der dunklen Hintergrundfarbe ist nichts zu erkennen. Der Mann deutet zu einem Betonpfeiler. Das Mädchen nickt und verschwindet dahinter.

Wenn es sein muss, wird er mit ihr über das Wetter reden. Die wenigen Meter, vorbei an den surrenden Computern, kommen ihm endlos vor.

»So ein Mist!«, hört er eine kratzige Stimme. Das Mädchen tritt aus dem Schatten des Betonpfeilers heraus. Die Tesa-Rolle kullert direkt vor seine Füße. Er hebt sie auf.

»Danke. Könntest du mal kurz das Plakat halten? Hab leider nur zwei Hände.« Sie zuckt die Achseln.

»Klar.« Yoshua muss sich räuspern. Ihr Anblick macht ihn nervös. Wieder schießt ein Bild durch seinen Kopf, wie das Mädchen leblos auf dem Asphalt liegt. Aber sie wirkt gar nicht unglücklich oder einsam. Mit den Zähnen reißt sie Tesa-Streifen ab und befestigt das Plakat. BATTLE OF THE BANDS steht quer über der Grafik eines Mikrofons. Am unteren Rand hat jemand einen Streifen Papier aufgeklebt. DEEP IMPACT LIVE!

»Deine Band?«, fragt Yoshua.

»Nein. Die meiner besten Freundin.«

»Ach so.«

»Nur Spaß.« Sie grinst. »Festhalten.«

»Was macht ihr für Musik?«

»Alternative. Eigenes Zeug, ohne künstliche Zusätze.«

»Hört sich gut an. Für wen?«

»Wie, für wen?« Sie blickt Yoshua fragend an.

»Na, für wen schreibt ihr eure Songs?«

Sie hebt die hellen Brauen. »Du stellst seltsame Fragen. Ist aber auch irgendwie interessant.« Sie streicht nachdenklich über das Plakat und beginnt zu lächeln. »Ich glaub, wir schreiben unsere Songs für niemand.«

»Für niemand?«

»Genau.« Grinsend steckt sie die Tesa-Rolle wieder ein. »Muss los. Probe.« Sie schultert den Rucksack. »Danke fürs Halten.«

»Kein Problem.«

»Und, kommst du am Samstag?« Sie lächelt.

»Wohin?«

»Na, zum Treffen der Alzheimer-Liga! Zum Battle. Band-Contest. Wettbewerb. Nenn es, wie du willst.«

»Ach so.« Yoshuas Miene erhellt sich. »Vielleicht.«

»Begeisterung klingt anders.« Das Mädchen verstummt. »Warte mal.« Sie runzelt die Stirn. »Bist du öfter hier?« Ein seltsamer Glanz tritt in ihre Augen.

»Manchmal«, sagt Yoshua. »Nach der Schule.«

»Manchmal? Nach der Schule?« Sie zögert. Unvermittelt grinst sie übers ganze Gesicht. »Dann sieht, nein, sagen wir besser, *begegnet* man sich bestimmt bald wieder. War nett, dich kennengelernt zu haben.« Sie eilt zum Ausgang, ohne sich noch einmal umzudrehen.

TRAIN: Meinst du das wirklich ernst?

SAILOR: Natürlich. Als Dankeschön, dass du mir »vorgelesen« hast.

TRAIN: Aber wir werden uns nicht begegnen?

SAILOR: Ich leg die Schlüssel in die Zeitungsröhre. Damit kommst du in die Garage und kannst das Auto nehmen. Ab elf schlafen auch die Nachbarn.

TRAIN: Wir müssen Whisper fragen, ob das okay ist.

WHISPER: Hauptsache, ihr kommt nicht auf die Idee, es ohne mich zu tun.

SAILOR: Kannst dich drauf verlassen.

TRAIN: Und was ist mit deinen Eltern? Kriegen die nicht mit, wenn der Porsche weg ist?

SAILOR: Übernachten bei Freunden.

WHISPER: Bist du ein Junge, Train?

SAILOR: Ich dachte, wir sagen nicht, was wir sind. Oder doch?

TRAIN: Nur, wenn es für alle okay ist. Ist das so?

WHISPER: Ja.

SAILOR: Ja.

TRAIN: Okay. Ich bin tatsächlich männlich.

SAILOR: Und weil du den Chat eingerichtet hast, weißt du auch schon längst, was wir sind, hab ich recht?

TRAIN: Ja.

SAILOR: Dann für Whisper: Ich bin weiblich.

WHISPER: Wie alt?

SAILOR: Siebzehn.

WHISPER: Ich bin ein Jahr jünger.

SAILOR: Männlich oder weiblich? Trommelwirbel.

WHISPER: Eine Frau.

SAILOR: Eine Frau? Also, ich fühl mich manchmal eher noch wie ein Kind. Train, warum hast du zwei Mädchen ausgewählt? Hat das was zu bedeuten? SMILE.

TRAIN: Eure Antworten haben mir am besten gefallen. Das ist alles.

SAILOR: Würde ich an deiner Stelle auch sagen. Falls du immer noch wissen willst, wie es sich anfühlt, mit einem Mädchen zu schlafen: Mein Angebot steht. So hässlich wirst du schon nicht sein. Und wenn, ist es auch egal. Ist ja nur mein Körper.

WHISPER: Musst du schon wieder damit anfangen?

SAILOR: Tut mir leid.

WHISPER: Schon okay. Ich geh jetzt off. Schlaft gut.

SAILOR: Nacht.

TRAIN: Bis bald. Um wie viel Uhr kann ich das Auto abholen? Wo wohnst du überhaupt?

SAILOR: Adresse kommt gleich. Wie gesagt, ab elf bist du auf der sicheren Seite.

TRAIN: Aber wir werden uns nicht begegnen?

SAILOR: Da du deine Jungfräulichkeit nicht an mich verlieren willst: nein! Ist Whisper offline?

TRAIN: Ja.

SAILOR: Darf ich dich was fragen?

TRAIN: Geht es wieder um Sex?

SAILOR: Nein.

TRAIN: Sondern?

SAILOR: Weißt du eigentlich, von wo aus wir uns einloggen? Kannst du das irgendwie sehen?

TRAIN: Bisher nicht.

SAILOR: Aber du könntest es rauskriegen?

TRAIN: Müsste ich ein Programm installieren. Habe ich aber nicht getan.

SAILOR: Sicher?

TRAIN: Ja, sicher.

SAILOR: Hab nur gedacht, dass wir uns vielleicht schon mal begegnet sind.

TRAIN: Wir? Da muss ich dich enttäuschen.

SAILOR: Schade eigentlich.

TRAIN: Wieso?

SAILOR: Hätte mir gefallen.

TRAIN: Hast du jemandem von uns erzählt?

SAILOR: Nein, Quatsch. Hatte gestern nur eine nette Begegnung.

TRAIN: Mit einem Jungen?

SAILOR: Nein, mit dem Weihnachtsmann. Schlechtes Ablenkungsmanöver. Solche Fragen verraten dich. Bist du's doch gewesen? Whisper muss ja davon nichts wissen.

TRAIN: Wo soll das denn gewesen sein?

SAILOR: Hört, hört! Die Fassade bröckelt. Was hältst du vom Netcafé am Olgaeck?

TRAIN: Geh dort vorsichtshalber nicht mehr in den Chat.

SAILOR: Wieso? Was ist denn?

TRAIN: Kann sein, dass von dort aus neulich jemand versucht hat, mitzulesen. Manchmal überwachen die Inhaber ihre Computer, falls jemand irgendwas Illegales macht.

SAILOR: Die lesen mit? Das wäre ja der Hammer.

TRAIN: Ich sag nicht, dass es so ist. Es besteht nur die Möglichkeit, und wir sollten jedes Risiko ausschließen.

SAILOR: Hab verstanden.

TRAIN: Bist du jetzt auch in dem Café?

SAILOR: Nein. Ich bin zu Hause. Im Arbeitszimmer meines Vaters, wenn du's genau wissen willst.

TRAIN: Wieso das denn?

SAILOR: Weil mein Laptop kaputt ist. Kannst du dich bitte wieder entspannen?

TRAIN: Ich will nur nicht, dass jemand unsere Pläne durchkreuzt.

SAILOR: Das hab ich verstanden. Krieg ich noch 'ne Fortsetzung von Dr. Dolittle?

TRAIN: Bin müde.

SAILOR: Bitte. Du kannst so gut erzählen.

TRAIN: Und wie kann ich mir sicher sein, dass du nicht wieder einschläfst?

SAILOR: Ich schick dir alle fünf Minuten ein Smiley.

7. WOFÜR HASST DU DICH?

Der Türsteher

»Soll ich die Bullen rufen?«, fragt der Türsteher. »Du blutest wie ein Schwein.«

»Keine Bullen. Das regle ich selbst. Dieses kleine Miststück ist mit dem Messer auf mich losgegangen. So was hab ich noch nie erlebt. Erst anbaggern und dann ausrasten. Voll die Psychopathin.«

»Geh nach hinten, bevor dich der Chef so sieht.«

»Ich glaub, sie hat mich auch am Ohr erwischt.« Er hält dem Türsteher seinen Kopf hin.

»Scheiße. Geh ins Krankenhaus. Eddie soll dich fahren.«

»Wenn ich die in die Finger krieg, bring ich sie um.«

»Soll ich nicht doch besser die Bullen rufen? Nachher ist das 'ne Männerhasserin.«

»Auf keinen Fall. Wenn die 'ne Kontrolle machen, bin ich meinen Job los.«

»Und du hast die Kleine echt nicht gekannt?«

»Kann schon sein. Kann mir ja nicht jedes Gesicht merken.«

»Scheiße!«

»Was ist?«

»Da drüben kommt Maik. Geh nach hinten, bevor er dich so sieht.«

Nidal

Nidal redet mit sich selbst. An manchen Tagen kommentiert er jeden Schritt. Jede Bewegung. Jedes noch so kleine Detail. Er kann es nicht abstellen. Schon gar nicht, wenn er nervös ist, schlecht gelaunt oder beides. Wie jetzt. Ein bisschen mehr Wahrheit, denkt er. Ein Anfang. Ein Versuch, die Serie der Lügen zu durchbrechen. Schwerfällig erhebt er sich von seinem Stuhl. Sein Name hängt noch in der Luft. Er schreitet zwischen den Bänken hindurch an die Tafel. Es soll lässig aussehen. Wie immer. Es gelingt ihm nicht.

»Wir sind gespannt, was du über den Schriftsteller herausgefunden hast.« Sein Lehrer nimmt hinter dem Pult Platz. Das Gemurmel verstummt. Nidal blickt auf seine Notizen. Sind das wirklich seine Gedanken? Oder ist das nur der Versuch, alles richtig zu machen, den Erwartungen zu entsprechen? Wozu? In wenigen Tagen ist er nicht mehr da, also kann es ihm doch eigentlich egal sein. Er lächelt zaghaft. Man muss seiner Angst mit einem Lächeln begegnen. Das hat sein Vater immer gesagt. Ab jetzt ist es Zeit für die Wahrheit! Nidal erhebt seine Stimme. Seine Worte sind klar und deutlich zu hören. »Kafka war verrückt!«

Seine Mitschüler schweigen. Dann beginnen sie zu lachen. Sie lachen ihn aus. Nie wird er dazugehören. Nie. Er wünscht sich eine Waffe. Eine Maschinenpistole. Hundert Schuss, damit keiner entkommen kann. Sein Lehrer beruhigt die Klasse. Ein Schmunzeln umspielt seine Lippen. »Dürfen wir erfahren, wie du zu dieser These gekommen bist?«

»Nein«, antwortet Nidal ruhig. »Geben Sie mir einfach eine Sechs.« Er wirft seine Unterlagen quer durch den Raum. Einzelne Blätter segeln zu Boden. Er lächelt. Seine Mitschüler wirken irritiert. Verständnislos starren sie ihn an.

»Der Herr scheint den großen Auftritt zu lieben. Gut, gut.« Sein Lehrer beginnt zu klatschen. »Vielleicht noch ein Abschlusswort an das Auditorium? Oder war's das?«

»Niemand ist der, den die anderen in ihm sehen.«

»Danke.«

Sammy

Sammy nimmt den Autoschlüssel aus der Schale und den Schlüssel für das Tor zur Hofeinfahrt. Wie üblich haben ihre Eltern den BMW genommen. Das Cabrio ihrer Mutter. Damit Sammys Vater was trinken kann. Wenigstens wird er nicht aggressiv, wenn er besoffen ist. Im Gegenteil. Er führt sich auf wie ein kleines Kind, lacht über alles und jeden und hängt an ihrer Mutter dran, als sei er ohne sie nicht lebensfähig. Wie früher. Warum kann er nicht immer so sein? Wieso muss er ständig den harten Geschäftsmann markieren?

Sie legt die Schlüssel in die Briefröhre. In einer Stunde müsste Train auftauchen. Bei dem Gedanken, dass es eventuell doch der Junge aus dem Internetcafé ist, muss sie lächeln. Dunkle Locken und tiefblaue Augen. Genau ihr Typ. Nicht gewöhnlich. Ein bisschen schüchtern vielleicht, aber immer noch besser als ein Draufgänger ohne Tiefgang. Mit so einem könnte sie nichts anfangen. Natürlich konnte Train im Chat nicht zugeben, dass sie sich begegnet sind. Das wäre gegen die Abmachung.

Ein Rascheln unterbricht ihre Gedanken. Sammy fährt herum. Eine Katze. Sie trägt eine Maus im Maul und verschwindet durch eine Lücke im Zaun. So einfach kann das Leben sein. Jagen, fressen, schlafen. Keine Gedanken über das Warum. Vielleicht auch keine Angst, zu sterben. Das wäre schön. Keine Angst vor dem, was danach kommt.

Sammy setzt sich ins Wohnzimmer und schaltet den Fernseher

ein. Den Ton stellt sie gerade so laut, dass sie hören kann, wenn das Garagentor aufgeht. Das Knarren der Federn wird ihn ankündigen. Natürlich könnte sie den Jungen sehen. Sie müsste sich nur in der Garage hinter dem Schrank verstecken. Sie zieht eine Münze aus ihrer Hosentasche und wirft sie in die Luft. Kopf oder Zahl. Bei Zahl wird sie ihn beobachten.

Yoshua

»Du gehst noch aus?« Yoshuas Vater runzelt die Stirn. »Um die Uhrzeit? Was reißt denn da ein?«

»Ist nur … Tim wird morgen achtzehn. Er will mit ein paar Leuten anstoßen.«

»Aber ich schreib dir nicht schon wieder 'ne Entschuldigung, weil du nicht aus dem Bett kommst. Das neulich war eine Ausnahme.«

»Hab … hab erst zur Dritten.« Yoshua lächelt aufgesetzt. »Mathe fällt aus.« Kurz spielt er mit dem Gedanken, seinen Vater einzuweihen. Aber dann müsste er die ganze Geschichte erzählen; und er müsste erklären, warum er so lange gewartet hat. Vielleicht zu lange. Daran will er gar nicht erst denken. Dass es tatsächlich passieren könnte. Vor seinen Augen.

»Hast du eigentlich Kati mal zurückgerufen?«, fragt sein Vater. »Sie klang gestern nicht gerade begeistert.«

»Kommt nachher auch zu Tim. Ich rede mit ihr.«

»So was ist nicht leicht. Ich weiß. Aber spiel mit offenen Karten. Das hat das Mädchen verdient. Das hat jeder verdient.«

»Ja«, sagt Yoshua und nimmt seine Jacke von der Garderobe. Er kann es seinem Vater nicht sagen. Niemals.

»Hast du nicht noch etwas vergessen?«

»Vergessen?« Yoshuas blickt irritiert zurück.

»Ist wirklich alles okay bei dir? Du siehst so unentspannt aus.«

»Sicher. Alles okay. Ich …« Yoshua eilt zu seinem Vater und küsst ihn auf die Wange.

Der schaut ihn verdutzt an. »Ist ja schön, dass wir wieder zu alten Ritualen zurückkehren, aber das hab ich nicht gemeint.«

»Sondern?«

Sein Vater weitet die Augen. »Kriegt Tim denn kein Geschenk? Oder ist Schenken heutzutage auch nicht mehr *angesagt*?«

»Ähm … doch, klar. Bringen die anderen mit. Gutscheine. Fürs Kino.«

Marie

Marie hält dem Kontrolleur ihr Ticket hin. Der wirft einen flüchtigen Blick darauf und geht weiter. Sie steigt aus. An der Haltestelle ist nicht viel los. Das Quietschen eines einfahrenden Zuges mischt sich mit einer abgehackten Lautsprecherdurchsage. Marie taumelt durch die Unterführung. Kleine unsichere Schritte. Als hätte sie Bleigewichte an den Füßen. Bruchstückhaft branden Erinnerungen gegen ihr Bewusstsein. Hat sie damals wirklich keiner gesehen? Auch nicht der Obdachlose, der ihr nun die flache Hand entgegenstreckt? Ist sie überhaupt hier gewesen? Aber der Brief. Er ist der Beweis, dass es wirklich passiert ist. Dass sie in jener Nacht wirklich hier gewesen ist. Genau wie sie es geplant hatte. Kaum zu glauben, dass niemand ihre Tränen bemerkt hat. Den Schmerz in ihrem Gesicht. Den kurzen Atem.

Vor den stinkenden Toiletten staut sich das Wasser. Eine Pfütze. Vielleicht Pisse. So riecht es jedenfalls. Dieser Geruch. Immer wenn sie träumt, hat sie diesen Geruch in der Nase.

Sie betritt den gekachelten Raum. Schwarzlicht umfängt sie. Aus dem Seifenspender kommt tatsächlich noch etwas Schaum. Er leuchtet grell. Marie kann nicht erkennen, ob noch Blut an ihren

Händen klebt. Wie besessen reibt sie die Handflächen aneinander, trocknet sie an ihrem Rock ab und streift die Lederhandschuhe über. Sie hätte ihn doch töten sollen. Drei bis vier Schnittwunden hat sie ihm zugefügt, mehr nicht. Das Pfefferspray hat nicht richtig funktioniert. Aber für einen zweiten Versuch ist es zu spät.

Der Haupteingang kommt in Sicht. Der Geruch von Pisse hält sich zäh in ihrer Nase. Er kriecht ätzend über ihre Schleimhäute und löst sich nur langsam auf. Vielleicht ist auch er nur noch Erinnerung. Genau wie der Schmerz, der in Schockwellen durch ihren Unterkörper stößt. Jeder Schritt ein Kraftakt. Nach wenigen Metern bleibt sie stehen und dreht sich um. Ist ihr jemand gefolgt? Hektisch greift sie nach dem Briefumschlag mit dem Geld und zieht sich die Kapuze übers Gesicht. Erst dann betritt sie den Vorraum. Die Luft riecht abgestanden. Ein künstlicher Duft, wie nach Veilchen, nur noch süßer, steigt ihr in die Nase und lässt sie würgen. Gleich muss sie sich übergeben. Sie öffnet die Klappe und legt den Umschlag auf die Decke. Ihr Bauch krampft. Ein Schwall Magensäure ergießt sich auf die Fliesen. Sie hält sich die Hand vor den Mund, geht zur Tür und rennt davon.

Nidal

Nicht nur die Straßen sind Nidal fremd. Alles wirkt ordentlich. Aufgeräumt. Leblos. Der ganze Stadtteil schiebt sich in unbekannten Silhouetten vor seine Augen. Ein Labyrinth aus hohen Zäunen, Bäumen und Büschen. Dazwischen mit Eisenzacken bewehrte Metalltore, die die Anwesen wohlhabender Menschen verteidigen. Sein Handy vibriert. Patty. Er geht nicht ran. Keine Zeit zu lügen. Jetzt nicht. Vielleicht gar nicht mehr. Bestimmt haben ihn die andern vorgeschickt. Nach der Sache in der Disco.

Vielleicht hätte er nicht auf Rafti losgehen sollen. Aber der hat es verdient. Der merkt doch gar nicht, wie dumm er ist. Er hätte schon viel früher was sagen sollen. Aber wer ist schon gerne alleine? Wer will sich eingestehen, dass es keinen gibt, der einen versteht? Das ganze Leben eine beschissene Maskerade.

Die Straßen sind nach Komponisten benannt. Beethoven, Mozart, Händel, Schubert. In der Gegend, in der Nidal aufgewachsen ist, hat man den Straßen Städtenamen verpasst. Danzig, Dresden, Frankfurt. Wohnblocks. Vereinzelt Reihenhäuser mit Satellitenschüsseln. Erst in der Schule hat er kapiert, dass seine Gegend ein Ort ist, auf den andere verächtlich mit dem Finger zeigen. Als ihm das klar wurde, war es vorbei mit der unbekümmerten Kindheit. Aber die schlimmste Entdeckung stand noch bevor.

Nidal lässt sich Zeit. Ab elf, hat sie gesagt. Wegen der Nachbarn. Er ignoriert die bellenden Hunde. Sie sehnen sich danach, ihrem Instinkt zu folgen und Eindringlinge, fremdartige Wesen, zu denen Nidal zweifellos gehört, zu jagen. Aber Nidal hat keine Angst. Nicht vor Hunden. Nicht in dieser Nacht. Er erreicht das Haus, die Villa. Der Rasen ist kurz geschoren, die Einfahrt wird von zwei seltsamen Skulpturen flankiert. Er blickt die Straße hinunter. Niemand ist unterwegs. Es wirkt wie ausgestorben. Seine Hand ertastet einen Schlüssel, dann einen zweiten. Beide sind an einem Stück Leder befestigt. Sailor hat also nicht gelogen. Schon merkwürdig, dass sich jemand umbringen will, der in so einem teuren Haus wohnt und sich alles leisten kann. Wahrscheinlich gibt es hier sogar Bedienstete, die einem morgens das Frühstück ans Bett bringen.

Das schwere Metalltor öffnet sich. Fast lautlos gleitet es zur Seite. Nidal steht in der Hofeinfahrt. Hinter ihm schließt sich das Tor. Ein Scheinwerfer geht an. Der Bewegungsmelder hat ihn erfasst. Obwohl ihn Sailor darauf vorbereitet hat, zuckt er. Seine

Augen suchen nach einem Versteck. Er reißt sich zusammen, hastet hinüber zur großen Garage, die wie ein kleines Haus mit geschwungenem Dach aussieht. Die Flügeltüren öffnen sich automatisch. Fassungslos bleibt er auf der Kante stehen. So viele teure Autos auf einem Haufen hat er noch nie gesehen. Auf MTV vielleicht, wenn Hollywood-Stars durch ihre Anwesen führen, aber das ist was anderes. Er hält den Atem an. Ein alter Jaguar, ein Maserati, ein Mercedes SL, zwei große Motorräder, daneben ein Oldtimer-VW-Bus mit Panoramafenstern. Fast an den Rand gequetscht entdeckt er den Porsche. Nidal nähert sich dem Sportwagen. Er bleibt davor stehen. Andächtig, als würde er einer Gottheit die Ehre erweisen. Sein erstauntes Gesicht spiegelt sich in der polierten Lackoberfläche. »Wahnsinn!«, sagt er und erschrickt über die Lautstärke seiner Stimme. Mit einem Dauergrinsen im Gesicht geht er um das Auto herum und streicht mit seiner Hand über die Karosserie. Schließlich setzt er sich in den Wagen. Die harte Sitzschale umschließt seinen Körper. Sie schmiegt sich an ihn wie ein Stück Hoffnung. Er lässt den Motor an. Drinnen klingt es leiser als erwartet. Vorsichtig rollt er aus der Hofeinfahrt auf die Straße. Nachdem er das Wohngebiet verlassen hat, traut er sich zum ersten Mal, das Gaspedal etwas stärker durchzutreten. Ein kurzer Test. Er schaut in den Rückspiegel. Wenig los heute Nacht. Er schaltet das Radio an. Klassik. Natürlich Klassik. Reiche Menschen hören Klassik. Er wechselt den Sender. Sucht die passende Musik und findet am Ende nur Stille und das lauter werdende Geräusch des Motors, dem er Vertrauen schenkt.

»Kannst ruhig schneller fahren«, sagt eine Stimme.

Nidal zuckt zusammen. Abrupt geht er vom Gas. »Spinnst du?!«

Die Hebamme

Liebe Emma,

das ist der letzte Brief, den ich Dir schreibe. Mein
Wunsch, Dich noch einmal zu sehen, wird nicht in
Erfüllung gehen. Mittlerweile denke ich, dass es
sogar das Beste ist. Ich weiß, dass es nicht viel
Geld ist, was ich Dir überlasse, aber an meine anderen
Ersparnisse komme ich nicht ran. Vielleicht wirst
Du damit eine Reise machen. Das würde
mich freuen. Schau dir die Welt an und lerne
neue Freunde kennen. Vielleicht gibt es doch so
etwas wie ein Paradies. Wenn es das gibt, dann
wünsche ich mir ein Fernglas, mit dem ich Dich
jeden Tag beobachten kann.
Ich kann verstehen, wenn Du mich hasst. Das
ist Dein gutes Recht, nach dem, was ich dir antun werde.
Aber es gibt keinen anderen Weg, um der Vergangenheit
zu entkommen.

SAILOR: Ist von euch jemand einzigartig?

WHISPER: Was meinst du damit?

SAILOR: Na ja, die Leute sagen das doch immer, dass jeder einzigartig ist. Soll wohl so 'ne Art Trost sein, weil es ja eigentlich
Quatsch ist. Zumindest, was mich betrifft. Ich bin nicht einzigartig. Nicht meine Gedanken, nicht mein Leben, nicht mein Aussehen. Stinknormal. Oder vielleicht auch nicht, weil ich bereit
bin, zu sterben. Und wenn man dazu bereit ist, kann man ja
eigentlich nicht normal sein.

TRAIN: Aber du fühlst doch, wie du fühlst. Das ist doch was
Besonderes. Ich für meinen Teil denke schon, dass ich einzigartig
bin. Aber das bringt ja nichts. Weil das ja auch irgendwie bedeu-

tet, dass es niemanden gibt, der einen versteht. Zumindest kenne ich keinen, der das tut. Oder tun würde. Und die Menschen, die mich vielleicht mögen könnten, werde ich nie kennenlernen. Verwirrende Scheiße, das Ganze.

WHISPER: Wenn keiner von uns einzigartig ist, wird die Welt uns auch nicht vermissen. Ist doch beruhigend, dass nach ein paar Wochen alles wieder wie vorher ist und die Welt sich ganz normal weiterdreht. Habt ihr ein schlechtes Gewissen?

SAILOR: Gegenüber wem denn? Mich hat keiner gefragt, ob ich geboren werden will. An welchem Platz, in welcher Gegend, mit welchen Eltern. Also ist es auch mein gutes Recht, selbst zu entscheiden, wann ich genug hab. Sollen die Leute denken, was sie wollen. Wenn ich weg bin, bin ich weg. Und irgendwie ist es auch spannend, was danach kommt. Vielleicht werden wir Geister, Engel, die auf die Welt herabschauen und darüber lachen, was für einen Mist die da unten wieder bauen.

TRAIN: Das wäre cool. Dann könnt ich sehen, wie mein Kumpel eines Tages mit 'nem Porsche über die Autobahn brettert und sich einen abgrinst, weil er sein Glück gar nicht fassen kann. Aber das ganze Geld bringt ja auch nichts, wenn man eine Rolle spielen muss.

SAILOR: Welche Rolle spielst du denn?

TRAIN: Die, die man von mir verlangt.

SAILOR: Aber wenn dich das so nervt, dann pack doch deine Sachen und hau ab. Geh dorthin, wo dich keiner kennt, und fang von vorne an. Ohne Maske und Lügen. Nur du, wie du wirklich bist. Warum tust du das nicht? Aus Angst?

TRAIN: Nein. Weil ich hier zu Hause bin. Ich kann nicht einfach wegrennen und vergessen, woher ich komme. Das funktioniert nicht. Mein Gehirn lässt sich nicht täuschen.

SAILOR: Und obwohl du alles so klar durchschaust, interessierst du dich für dämliche Sportwagen. Schon seltsam.

TRAIN: Ich würde auch in 'ne Currywurst beißen und auf alle Regeln pfeifen, wenn mir das ein paar Minuten Freiheit bringt. Mehr als ein paar Minuten gibt es nämlich nicht für mich. Das ist die beschissene Wahrheit. Egal, ob sie dir gefällt oder nicht. Was ist denn dein letzter Wunsch? Weltfrieden?

SAILOR: Nein. Meine Musik zu lieben. Das ist alles.

TRAIN: Ein paar Töne könnten dich also retten?

SAILOR: Retten? Vielleicht.

Yoshua

Der Sportwagen rollt aus der Hofeinfahrt. Yoshua hat den Jungen am Steuer nur von der Seite gesehen. Er tritt aus dem Schutz der Platane und blickt die Allee hinunter. Nach etwa zweihundert Metern kommt eine Kreuzung. Der Porsche bleibt stehen. Das Licht der Bremsleuchten geht an und aus. An und aus. Beinahe wie Morsesignale. Vielleicht weiß Train nicht, wo er hinfahren soll. Jetzt biegt er nach rechts ab. Richtung Autobahn. Yoshua ballt die Hände zu Fäusten. Das war der letzte Beweis, den er gebraucht hat. Jetzt gibt es keinen Zweifel mehr: Die drei wollen sich am Sonntag umbringen!

8. WAS FÜR EIN AUTO FÄHRT DEIN VATER?

Nidal

»Nicht umdrehen!«, befiehlt Sammy. Das Geräusch des Motors reibt an ihrer Stimme. »Das wäre gegen die Abmachung.«

»Dass du hier drin bist, *ist* gegen die Abmachung.« Nidal muss sich zusammenreißen. Er will nicht in den Spiegel schauen. Er will ihr Gesicht erst an dem Tag sehen, wenn sie zusammen springen. Sie muss sich hinter dem Sitz versteckt haben, so nah wie ihre Stimme klingt. »Ich kehr jetzt wieder um!«, sagt er entschlossen.

»Sei kein Spielverderber. Ich will doch nur mitfahren. Wenn wir uns nicht sehen, ist es doch okay.«

»Du hast gedacht, dass ich das Auto klaue, hab ich recht?«

»Kannst du gerne tun. Ist mir scheißegal. Könntest du nur bitte in den nächsten Gang schalten, bevor uns das Getriebe um die Ohren fliegt?«

»Sicher!« Der Wagen heult auf.

»Hat auch eine Automatik, wenn dich das Schalten überfordert.«

Nidal drückt das Gaspedal durch. »Besserwisserin!«

»Hey! Ich bin nicht angeschnallt. Wäre es möglich, etwas sanfter zu fahren?«

»Ich kann dich auch rausschmeißen.« Er reduziert die Geschwindigkeit. Die Neugierde siegt. Er schielt in den Rückspiegel. Nur Dunkelheit.

»Hast du einen Führerschein?«, fragt Sammy.

»Nein.«

»Und woher kannst du Auto fahren?«

»Import, Export.«

»Was?«

»Mein Onkel ist Autohändler.«

»Aha.«

»Was heißt da aha? Ist kein ehrbarer Beruf für dich, oder was? Was ist *dein* Vater denn? Manager, Anwalt, Arzt?«

»Ein geldgeiler Vollidiot.«

»Willst du dich wegen ihm umbringen?«

»Wäre ja noch schöner. So viel Aufmerksamkeit hat er nicht verdient.«

Nidal rollt an eine Kreuzung. »Wo sollen wir hinfahren?«

»Mir egal.«

»Raus aus der Stadt?«

»Raus aus der Stadt. Mach mal Musik an. Und bitte keine Klassik mehr.«

Sammy

Sammy liegt quer über den unbequemen Notsitzen, den Oberkörper hinter dem Fahrer verborgen. Durch die Scheibe kann sie den Himmel sehen. Straßenlaternen. Bäume. Aufnahmen in Schwarz-Weiß, die wie im Zeitraffer vorbeifliegen. Die erste Enttäuschung ist überwunden. Der Junge am Steuer ist nicht der aus dem Internetcafé. Sammy hat es sich gewünscht. Aber dieser Wunsch ging nicht in Erfüllung. Vielleicht auch besser so. Das macht die Sache schon leichter.

»Woher kennst du dich so gut mit Autos aus?«, fragt Nidal.

»Wir haben früher auf dem Land gewohnt. Da hat mich mein Vater ab und zu eine Runde drehen lassen. Als ich noch klein war, ist er mit mir stundenlang über die Landstraße gefahren, bis ich eingeschlafen bin. Damals hat er auch noch keine langweilige Klassik gehört, sondern Rockmusik. War ja selbst mal Schlagzeuger.«

»Dann ist er doch gar nicht so übel, wie du im Chat immer tust.«

»Menschen ändern sich. Bei ihm ist das extrem. Viel schlimmer noch als bei meiner Mutter. Das Dumme ist nur, dass er nicht kapiert, was aus ihm geworden ist. Seine Firma ist für ihn wie eine Sekte. Immer mehr Geld, immer mehr schicke Essen. Immer weniger Gefühle.« Sammy späht seitlich am Sitz vorbei und betrachtet Nidals Hände. Er hat lange, schmale Finger. Seine Haut sieht dunkel aus. Sie würde gerne sein Gesicht sehen. Seine Stimme jedenfalls klingt sympathisch. Ihr Blick schwenkt auf die Fahrbahn. Die Lichtkegel der Scheinwerfer schneiden einen Tunnel in die Dunkelheit. Sie stellt sich vor, die Straße würde ans Meer führen. Sie riecht die salzige Luft. Sie spürt den Sand unter den Füßen. »Wenn du die nächste Ausfahrt nimmst, zeig ich dir, wo ich aufgewachsen bin.«

Nidal geht vorsichtig vom Gas. Die Autobahn neigt sich von einer Anhöhe herab in eine Senke. Vor ihnen erhebt sich eine Hochhaussiedlung zu einer armseligen Skyline, die es niemals auf eine Postkarte schaffen wird. In den Fenstern brennen vereinzelt Lichter. Wie bei einer Anzeigetafel, die nicht richtig funktioniert. Sammy meint, in manchen Konstellationen Buchstaben, Zeichen und Formen zu erkennen. Aber das ist natürlich nur Zufall. Sie stellt sich vor, an einem großen Schaltpult zu sitzen und die Lichter in den Wohnungen nach Belieben an- und ausschalten zu können. Sie würde die Autofahrer mit blinkenden Botschaften unterhalten.

HEUTE SCHON GETRÄUMT?
WER FREI SEIN WILL, BITTE HUPEN.

Wahrscheinlich würde keiner hupen, denkt sie. Die Leute wissen ja nicht, dass sie nur Marionetten sind und sich mit der Aussicht auf Urlaub, Kohle und die tägliche Ration Fernsehschwachsinn ködern lassen.

»Falls es dich interessiert«, sagt Nidal. »Dort, in einem der Wohnblocks, lebe ich mit meinen Eltern.«

»Und, wie ist es so?«

»Normal. Wenn man von drinnen rausschaut, spielt die Fassade keine Rolle. Hat sogar 'ne gute Aussicht. Als Kind ist es einem sowieso egal, wo man lebt. Hauptsache, die Familie ist okay.«

»Hat dir was gefehlt?«

»Ist nicht immer Geld da gewesen. Aber glücklich war ich trotzdem. Meistens. Gab ja immer jemand, mit dem man spielen konnte. Das ist der Vorteil an Hochhäusern. Passieren immer irgendwelche Sachen.«

»Wann war das vorbei?«

»Was?«

»Deine Glücksphase.«

Nidal zögert.

Sammy wendet den Kopf. »Scheiße!«

»Was ist?«

»Das ist die Ausfahrt gewesen. Hast du das Schild nicht geseh'n?«

»Sorry.«

»Kein Problem.« Sammy lehnt sich mit dem Rücken gegen die Seitenverkleidung. »Hab heut nichts mehr vor. Wenn dir die nächste Ausfahrt zu weit ist, kannst du auch wenden.«

»Wenden?«

»Dann kommen wir ins Radio.« Sammy hält ihre Hände vor den Mund und formt einen Trichter. »Geisterfahrer auf der A8 Richtung Karlsruhe, bitte fahren Sie äußerst rechts. Überholen Sie nicht. Wir melden es, wenn die Gefahr vorüber ist.«

»Du bist echt verrückt.«

»Leider nicht verrückt genug.«

Nidal beugt sich etwas nach vorne. »Was steht denn da auf dem Schild?«

»Pforzheim. Brauchst du 'ne Brille?«

»Kann sein.«

»Ist ja lebensgefährlich.« Sammy muss lachen. Nidal lacht mit ihr.

Die nächste Viertelstunde reden sie nur das Nötigste. Sie verlassen die Autobahn. Sammy dirigiert Nidal durch Ortschaften mit seltsamen Namen, die wie ausgestorben wirken. Ab und zu kommt ihnen ein anderes Auto entgegen. Nidal umklammert das Lenkrad mit beiden Händen. Er hat den Blick starr nach vorne gerichtet und hält sich an die Geschwindigkeitsbeschränkungen. Sammy kauert auf der Rückbank. Sie fragt sich, warum ausgerechnet dieser Junge nicht mehr leben will. Die Lederjacke, der schmale Kopf mit dem dichten glatten Haar, die freundliche Stimme. Als sie das erste Mal im Chatroom gewesen ist, hat sie sich Train als dürren blassen Jungen vorgestellt. Mit teigigem Gesicht und geröteten Augen. Sie sah ihn vor sich, wie er in einem abgedunkelten Zimmer vor einem großen Monitor saß und den Computer mit Zahlen und Formeln fütterte. Der typische Außenseiter eben. Und jetzt scheint Train ein ganz normaler Junge zu sein. Wahrscheinlich sogar ganz hübsch.

»Warum hast du dich im Chat Train genannt?«, fragt Sammy.

»Weil es im Zug war, wo ich begriffen hab, dass es keine andere Lösung für mich gibt, als auszusteigen. Das Ganze zu beenden, bevor es unerträglich wird.«

»Und dann hast du den Chatroom eingerichtet? Nach der Zugfahrt?«

»Ja, die hat mir irgendwie den Rest gegeben. Ich glaub, das werde ich nie vergessen.«

»Was ist passiert?«

»Die S-Bahn hat angehalten. Auf offener Strecke. Mitten in der Nacht. Das Licht hat geflackert. Wie in einem Horrorfilm. Dann war es plötzlich still. Die Leute haben Angst bekommen. Das hat man gespürt. Standen kurz vor Panik, und die Durchsage des Lokführers hat die Lage auch nicht entschärft.«

»Was hat er denn gesagt?«

»Erst mal gar nichts. Waren nur Atemgeräusche. So, als würde jemand keine Luft mehr kriegen. Und dann … dann hat er gesagt, dass er aussteigt, weil er nicht mehr weiterfahren kann. Hat sich angehört, als würde er schluchzen. Mir ist es eiskalt den Rücken runtergelaufen.«

»Dass *er* aussteigt? Das hat er gesagt?«

»Die Leute wollten schon die Fenster einschlagen, dann hat sich der Zug ruckelnd wieder in Bewegung gesetzt. Wir sind im Schneckentempo zur nächsten Haltestelle gefahren. Dort hat die Polizei gewartet, und wir mussten in Busse umsteigen.«

»Vielleicht hatte der Lokführer einen schlechten Tag.« Sammy deutet ein Lachen an. Nidal reagiert nicht. Von hinten kann sie sehen, wie er den Kopf schüttelt.

»Hatte er nicht. Später im Bus hat das Gerücht die Runde gemacht, dass sich jemand vor die S-Bahn geworfen hat. War nur nicht klar, ob wir ihn erwischt haben. Da hab ich begriffen, dass es nur diesen Ausweg gibt. Aber alleine wollte ich es nicht tun. Deshalb der Chat und die Fragen.«

Sammy schweigt. Bestimmt versuchen jeden Tag zig Leute, sich auf diese Art umzubringen. Nur ein, zwei Schritte in die falsche Richtung und es ist vorbei. Sie will der Sache nicht auf den Grund gehen. Ein kleines Lächeln kräuselt sich in ihren Mundwinkeln. Vielleicht ist tatsächlich alles vorbestimmt? Und sie hat es schon immer gewusst. Auch diese Autofahrt kommt ihr bekannt vor. Als hätte sie all das schon einmal erlebt. Gerüche,

Bilder, Gesprächsfetzen. Nur das Ende der Geschichte, das kennt sie noch nicht.

Nidal geht vom Gaspedal. »Muss ich weiter geradeaus?«

Sammy zögert einen Moment. »Ja«, sagt sie geistesabwesend. »Geradeaus. Ähm … nein … nach links.«

Eine Kreuzung kommt in Sicht. Die Ampelanlage ist noch in Betrieb.

»Willst du ein Erinnerungsfoto?« Sammys Stimme klingt fest.

»Ich dachte, wir dürfen uns nicht sehen.«

»Das werden wir auch nicht. Drück aufs Gas!«

Nidal zögert eine Sekunde, dann beschleunigt er und rast auf die Kreuzung zu. Das Leuchtfeuer klettert auf Rot. Die Tachonadel steigt.

Sammy schließt die Augen. Sie kennt die scharfe Kurve hinter der Kreuzung. Sie rückt zwischen die Sitze und lächelt herausfordernd. Niemand hat ihr zu sagen, wann Schluss ist. Niemand.

Die Adoptiveltern

Der Raum ist nüchtern eingerichtet. Die Farbe Grau dominiert das Amtszimmer mit der Nummer 312. Der erste Blick geht zu der braunhaarigen Frau hinter dem Schreibtisch, der zweite zu den vielen Akten, die sich wie stumme Zeugen in den Regalen drängen. Die Frau telefoniert. Sie nickt in den Hörer und blättert einen Stapel Papiere durch. »Eventuell hätte ich ein Paar, das infrage kommt. Wann ist die Frist abgelaufen …? Gut … Sicher. Dann werd ich nachher gleich einen Termin ausmachen. Bis Montag dann.« Sie legt auf. »Entschuldigen Sie die Unterbrechung. War dringend.« Ihr Blick geht zum Monitor. »Chronische Krankheiten liegen also nicht vor?«, sagt die Sozialarbeiterin mit neutraler Stimme. Sie wendet den Blick vom Computer ab. Vor ihr sitzt ein Ehepaar. Händchen haltend und einge-schüchtert. Der Mann, Ende dreißig, freundliches Lächeln, schüt-teres Haar, kann seine Aufregung nicht verbergen. Schweißrän-der unter den Achseln verraten ihn. Das Fenster ist gekippt. Ein beständiger Luftzug mildert den unangenehmen Geruch. Seine Frau, braunhaarig, Leberfleck am Hals, überspielt ihre Nervosi-tät mit einem aufgesetzten Lächeln. Sie löst sich aus der Hand ihres Mannes und beginnt, an ihrem Ehering zu drehen. »Wel-che Kinder … ich meine, woher … ähm … woher kommen denn die lieben Kleinen, die zur Adoption freigegeben werden?«

»Zuerst muss ich Sie – das ist meine Pflicht – darauf hinweisen, dass Sie keinen Rechtsanspruch auf die Vermittlung eines Kin-des haben.«

»Sicher«, sagt der Mann irritiert. »Natürlich.«

»Die Herkunft der Kinder, die von uns vermittelt werden, ist sehr unterschiedlich. Ihrer Frage entnehme ich aber, dass Sie klare Vorstellungen vom Alter des Kindes haben?«

Der Mann räuspert sich. »Na ja, ich meine … Verstehen Sie uns nicht falsch. Wir, meine Frau und ich, wir denken nur, dass es leichter ist, ein … ein junges, ein Kleinkind großzuziehen als ein Kind mit Erfahrung, das schon auf irgendeine Weise geprägt wurde. Falls Sie verstehen, was ich meine.«

»Das heißt aber nicht, dass wir nicht auch an einem älteren Kind interessiert sind«, ergänzt die Ehefrau.

Die Sozialarbeiterin macht sich Notizen. »Sie selbst können kei-ne Kinder kriegen?«

»Haben alles versucht. Fünf Jahre lang. Alles.«

»Und der Kinderwunsch, ist er von beiden Seiten gleich stark?«

Das Ehepaar nickt.

»Es ist egal, in welchem Alter das Kind ist, das Sie adoptieren. Die Frage nach den Wurzeln bleibt. Sie wird eines Tages im Raum stehen. Das ist immer so. Das sollten Sie wissen.«

»Und wie ist das dann?«, fragt die Frau. »Gibt es eine Möglichkeit für unser … für das Kind, Kontakt aufzunehmen? Die richtigen, die leiblichen Eltern ausfindig zu machen?«

»Nicht in jedem Fall. Leider.«

»Leider?«, wiederholt der Mann.

Die Frau hinter dem Schreibtisch nickt. »Bevor wir näher darauf eingehen, würde ich Ihnen gerne noch ein paar Fragen stellen.«

»Natürlich.«

Die Frau stockt. Ihr Blick geht zu einem Notizzettel, der auf der Schreibtischunterlage klebt. »Noch kurz was anderes: Wären Sie eventuell dazu bereit, mit einer Journalistin über Ihren Adoptionswunsch zu sprechen? Wir haben dazu eine Anfrage bekommen.«

»Ein Interview?«, fragt die Frau.

»Ich kann Ihnen leider nichts Genaueres sagen. Hat meine Kollegin entgegengenommen. Wenn Sie daran Interesse haben, würde ich Ihnen die Nummer der Journalistin geben, dann können Sie die Details abklären.«

»Ist gut«, sagt der Mann und nickt seiner Frau zu. »Wir haben nichts zu verbergen.«

Patty

Patty wartet mit Rafti und den anderen vor der Tankstelle. Er lehnt gegen den Kotflügel des alten Mercedes 190 und schaut auf die Uhr. Das schmale Band schneidet in seinen speckigen Arm. »Er kommt nicht mehr«, sagt er. »Sollen wir bei ihm vorbeifahren?«

»Wieso?«, fragt Rafti und stößt geräuschvoll die Luft aus. »Der Arsch will nichts mehr mit uns zu tun haben. So wie er uns neulich die Tour vermasselt hat … Dafür würde ich ihm am liebsten die Fresse polieren.«

Patty zückt sein Handy. »Vielleicht ist er krank.«

»Ja«, zischt Rafti und tippt sich gegen die Stirn. »Im Kopf.«

»Den können wir abschreiben«, sagt ein anderer. »Hat sogar mit Maya Schluss gemacht.«

»Was hat er?« Patty kann seine Überraschung nicht verbergen. Das erste Tuten dringt durch die Leitung. »Bist du sicher?«

»Meine Schwester lügt nicht. Hat Maya gestern in der Stadt getroffen. Schon vor zwei Monaten hat Nidal sie abserviert.«

Die Mailbox meldet sich. Patty legt auf. »Vielleicht ist ihm die Sache in der Disco immer noch peinlich.«

Rafti schüttelt missmutig den Kopf. »Glaubst du doch selber nicht. Der ist auf'm Absprung. Vergisst, wo er herkommt. So sieht's aus.«

Patty macht einen Schritt auf Rafti zu. Er kneift die Augen zusammen. »Weißt du was? Nidal ist schon deutlich länger dabei als du. Also reiß dein Maul nicht so weit auf! Sonst kann es passieren, dass wir *dich* in Zukunft nicht mehr anrufen.«

»Schon gut. Komm wieder runter.«

»Vielleicht ist was mit seinem Vater. Der hatte doch die Sache mit dem Herzen.« Patty zieht die Fahrertür auf. »Los! Abmarsch! Schauen wir mal, was auf der Theo abgeht. Ich werd Nidal morgen einen Besuch abstatten.«

Nidal

»Bist du eigentlich total bescheuert!« Wütend schlägt Nidal gegen das Lenkrad. Der Wagen steht mitten in einem Maisfeld. »Du hast gewusst, dass 'ne Kurve kommt!«

»Der Kandidat hat hundert Punkte.«

»Wolltest du uns umbringen?«

»Gute Reaktion. Hast die Mauer nicht mal berührt.«

»Du bist echt gestört!«

»Wahrscheinlich.«

»Bück dich!«

»Was?«

Nidal legt den Rückwärtsgang ein. »Ich will dich nicht sehn!«

»Dachte schon, du bist pervers.«

»Wie witzig.«

Nidal holpert zurück auf die Landstraße. Er macht das Deckenlicht an und öffnet das Handschuhfach.

»Was suchst du?«

»Musik.«

»Wieso?«

»Weil ich nicht mehr reden will. Ich bring dich jetzt besser nach Hause.«

»Schade.« Sammy seufzt lautstark. »Mach dir keine allzu großen Hoffnungen. Mein Alter steht auf lahme Sachen von toten Musikern. Da vorne kommt übrigens wieder eine Kurve.«

»Sehr freundlich.« Nidal greift ins Lenkrad. Zu hart. Ein kurzer Schlenker, dann ist er wieder auf der richtigen Seite.

»Pass auf! Hab keine Lust auf Querschnittslähmung.«

»Du musst immer eins draufsetzen.«

Nidal findet eine CD ohne Hülle. Er wendet sie zwischen den Fingern hin und her. Sieht aus wie ein handbeschrifteter Rohling. Nur der erste Buchstabe, ein »S«, ist zu erkennen. Der Rest ist unlesbar.

»Halt mal in die Mitte«, sagt Sammy. »Bitte. Will nur sehen, was drauf ist.«

Nidal hält die CD nach hinten. Er spürt eine Berührung.

»Du hast schöne Hände. So fein. Spielst du Klavier?«

»Nein, tu ich nicht!« Nidal zieht die Hand zurück.

»Hätte ja sein können.«

»Weißt du jetzt, was drauf ist?«

»Nein. Ist zu dunkel. Und die Sauklaue von meinem Vater kann sowieso keiner entziffern. Wahrscheinlich hat er sich Beethoven gebrannt oder irgend so einen Motivationsguru, der einem sagt, wie man die Leute noch besser über den Tisch ziehen kann. Lass mal reinhören.«

Nidal schiebt die CD in den Player. Eine Basedrum setzt ein.

»Scheiße!«, sagt Sammy. »Mach das aus! Bitte.«

»Was ist?«

»Ist meine Band.«

»Umso besser.«

Marie

Marie klammert sich an einer Erinnerung fest, während sie in drei Versuchen die Kerzen auf der Torte ausbläst. Siebzehn kleine Flammen, die nur widerwillig erlöschen wollen. Rauchfahnen ziehen durch das Wohnzimmer und vermischen sich mit dem Duft einer einzelnen blauen Hyazinthe, ihrer Lieblingsblume. Ihre Mutter nimmt sie in die Arme. Marie betrachtet ihre Spiegelung in der Fensterfront. Sie sind fast gleich groß. Als Kind wollte sie immer so schön sein wie ihre Mutter. Heimlich hat sie ihren Lippenstift ausprobiert und die hohen Schuhe getragen. Wäre sie doch nur immer dieses schlacksige Mädchen geblieben, das sich die Knie aufschlug, wenn es mit den Jungs aus der Straße spielte. Aber sie wollte ja unbedingt eine richtige Frau werden.

»Papa hat für heute Abend einen Tisch beim Chinesen reserviert«, sagt ihre Mutter. »Oma und Opa kommen auch mit. Um sechs. Wenn du willst, kannst du auch Mara einladen.« Marie zögert. Ihre Mutter schiebt ein Stück Torte auf ihren Teller. »Oder wen du noch dabeihaben willst.«

»Ist gut«, sagt Marie. Sie denkt an die andern aus dem Chat. Gerne würde sie Train und Sailor einladen. Aber das geht ja nicht. Obwohl sie die beiden irgendwie mag. Sie überlegt sich, wie sie aussehen könnten. Dann denkt sie wieder an Emma. Vielleicht sollte sie ihr die anderen Briefe gar nicht zukommen lassen. Vielleicht ist es besser, wenn es keine Spur gibt, die zu ihr führt.

Sammy

Sammy starrt nach draußen. Die Musik fadet aus. Ein letzter schräger Akkord. Gefolgt von einem Echo. Dann ist es vorbei. Nidal reicht ihr die CD nach hinten. Ihr Vater hat sie sich tatsächlich gebrannt. Seltsam. Wahrscheinlich hat er die Stücke auf seinem Rechner entdeckt. Aber warum hat er nie ein Wort darüber verloren? Er hätte doch was sagen können. Was ihm gefällt und was nicht und wie er ihre Stimme findet. Das ist doch nicht zu viel verlangt? Oder dachte er, ein Lob würde sein strenges Erziehungskonzept untergraben?

Sie steckt sich eine Zigarette an und pustet den Rauch aus.

»Muss das sein?«

»Kannst ja die Scheiben runterlassen.«

»Ich hasse den Gestank.«

»Nur eine. Zum Runterkommen.« Sammy greift nach der CD und schleudert sie durch das geöffnete Fenster. Das Licht der Straßenlaternen bricht sich auf der Oberfläche.

Nidal zuckt zusammen und steigt auf die Bremse. »Was war das?«

»Ein Ufo.« Sammy lacht. »Die CD. Hat schlechte Flugeigenschaften.«

»Du musst immer witzig sein, oder?«

»Nur, wenn mir danach ist.« Sie nimmt einen Zug. »Ironie kann man vielleicht doch lernen.«

»Was?«

»Ach, nichts.«

»Sollen wir noch durch die Waschstraße? Ich kenne eine, die die ganze Nacht geöffnet hat.«

»Keine Umstände. Ich bring das nachher mit dem Gartenschlauch in Ordnung.«

»Welches Instrument spielst du?«

»Gitarre. Auch ein bisschen Klavier. Aber Singen macht am meisten Spaß.«

»Das war deine Stimme? Respekt. Hat dir das irgendwer beigebracht?«

Sammy schüttelt den Kopf. Für einen Moment vergisst sie, dass Train sie nicht sehen kann. »Ähm … nein … war einfach da. Meine Stimme.« Sie inhaliert und sieht unscharf die aufleuchtende Glut an der Zigarettenspitze. »Hab immer zum Radio mitgeträllert. Schon als Kind.«

»Du hast Talent.«

»Danke.«

»Habt ihr viele Auftritte?«

»Ab und zu. Samstagabend in der Röhre ist der letzte. Ein Wettbewerb. Wie bescheuert.«

»Woher habt ihr die Songs?«

»Schreiben wir zusammen. Meistens komme ich mit 'ner Idee in die Probe, wir jammen, und irgendwann ist der Song fertig.«

»Und die Texte? Sind die auch von dir?«

»Größtenteils.«

»Stell ich mir schwierig vor.«

»Kommt drauf an.«

»Worauf?«

»Wie ernst man es meint. Je tiefer man reingeht, desto größer ist der Schmerz. Manchmal ist das kaum auszuhalten. Ich glaub, wenn man ehrliche Songs schreiben will, dann saugt es einen aus. Und wenn man nicht aufpasst, geht man dran kaputt. Ehrliche Musiker können wahrscheinlich gar nicht glücklich werden.«

»Warum hast du dann geantwortet, dass dich die Musik retten kann?«

»Weil ich glaube, dass es so ist.« Sie stockt. »Wenn man eins ist mit der Melodie, mit der Musik, dann ist es bestimmt das Paradies. Dann kann man alles, was einem auf die Nerven geht, besser ertragen, weil es einen Ort gibt, an den man flüchten kann. So wie auf eine Insel.«

»Aber diese Insel hast du noch nicht gefunden?«

»Nein. Immer kommt der Moment, in dem ich denke, die Idee könnte irgendwo geklaut sein. Dann fühl ich mich wie ein Betrüger. Wie jemand, der mit dem Gesicht eines anderen rumläuft.« Von hinten sieht Sammy, wie Nidal den Kopf schüttelt. Kurz zeichnet sich sein Profil gegen das Licht eines entgegenkommenden Autos ab. Er hat eine kleine Nase und ein kantiges Kinn. »Was ist?«, fragt sie. »Warum hast du eben den Kopf geschüttelt?«

»Kommt mir bekannt vor. Ich fühl mich manchmal auch wie ein Schauspieler. Ist, als würde man wegrennen und sich selbst von außen beobachten. Wie der Blick durch ein drittes Auge, das sieht, wie vergeblich jeder Versuch ist, dem allem zu entkommen.«

»Hast du viele Freunde?«

»Keinen, der mich richtig kennt.«

»Deshalb willst du dich umbringen, weil dich keiner kennt?« Sammy schweigt einen Moment. Sie nimmt einen tiefen Zug. Dann fährt sie fort. »Reicht das aus?«

»Vermutlich nicht.«

»Und der Rest ist Schweigen, oder was?«

»Ja, Schweigen. Wir müssen nicht alles voneinander wissen.«

»Wo du recht hast, hast du recht.« Sammy drückt die Zigarette in das dunkle Leder. Ein Knistern, dann erlischt sie. Die Lichter der Großstadt kommen näher. Es beginnt zu regnen. Ein Blitz durchzuckt den Himmel. Sammy wartet auf den Donner. Er kommt nicht. Auch nicht nach zehn Sekunden. Aber heute Nacht hätte sie auch keine Angst. Heute Nacht ist anders. Harte Tropfen trommeln unrhythmisch gegen das Dach. Der Scheibenwischer schleudert die Wassermassen zur Seite.

»So«, sagt Nidal. »Jetzt hat sich unser Schmutzproblem von alleine erledigt.«

»Warum bist du eigentlich noch Jungfrau?« Sammy rückt mit dem Mund näher an die Kopfstütze, damit sie nicht schreien muss. »Ich mein, bisher kenn ich ja nur deinen Hinterkopf und deine Hände, aber so übel sehen die nicht aus.«

»Hat sich nicht ergeben.«

»Aber du hattest schon mal 'ne Freundin?«

»Ja.«

»Und die wollte dich nicht ranlassen?«

»Ist komplizierter.«

»Auch darüber willst du nicht reden?«

»Genau.« Nidal bremst vorsichtig den Wagen ab. »Rechts oder links?«

»Wie kurzsichtig bist du eigentlich?« Sammys Stimme klingt herausfordernd.

»Auf dem großen Schild steht jedenfalls Stuttgart. Das kann ich erkennen.«

»Das lässt hoffen.« Sammy deutet ein Lachen an. »Kommen wir nun also zu Phase zwei unseres Sehtests. Bitte werfen Sie einen Blick in den Rückspiegel und beschreiben Sie mir, was Sie erkennen können.«

»Nein!«

»Mach schon. Mein Gesicht ist verdeckt. Alles im grünen Bereich.«

»Warum soll ich dann …«

Sammy sieht, wie Nidals Kopf sich zögerlich nach rechts dreht.

»Jetzt mach schon!«

»Was soll der Scheiß?«

»Bestanden!« Sammy klatscht in die Hände.

»Das ist nicht lustig!«

»Gefallen sie dir nicht?«, flüstert Sammy ganz nah an Nidals Kopf und streckt aufreizend den Rücken durch. »Sind nicht gerade riesig, aber …«

Nidal drückt aufs Gaspedal. »Zieh dich wieder an!«

»Spielverderber!« Sammy rückt hinter den Fahrersitz und streift ihr T-Shirt nach unten. »Whisper muss ja nichts davon erfahren. Wir könnten doch …«

»Nein!«

»Schade.«

9. WAS SIEHST DU BEI NACHT?

Nidal

Der Rektor blickt Nidal direkt in die Augen. »Gegen den Ansatz deines Referats ist an sich nichts einzuwenden. Aber einfach das Schulgelände zu verlassen, während des regulären Unterrichts, dafür muss ich dir einen Verweis geben.«

»Ich weiß.«

»Aber es scheint dich nicht zu stören.«

»Nein.«

»Und was sagen deine Eltern?«

»Sie werden es wohl nicht verstehen.« Er lächelt. »Aber ich passe nicht hierher.«

»Der Meinung bin ich nicht. Vielleicht kann ich das mit dem Verweis noch einmal abwenden, wenn du dich bei Herrn Rösler entschuldigst.«

»Nein.«

»Wieso nicht?«

»Weil ich Ihre Schule verlassen möchte.«

»Du willst alles hinschmeißen? Einfach so? Aus einer Laune heraus?«

»Nein. Weil es für mich das Beste ist.«

Sammy

Sammy sitzt am Esstisch. Vor ihr auf dem flachen Teller liegt ein Stück Lachs. Wie groß mag der Fisch wohl gewesen sein, als man ihn aus dem Netz gezogen hat? Ein Meter? Oder nur halb so groß? Bestimmt hat er wie wild gezappelt und um sein Leben gekämpft. Das tut doch eigentlich jede Kreatur: um ihr Leben kämpfen, wenn es bedroht wird. Der Selbsterhaltungstrieb setzt den Notfallplan in Gang, die Alarmglocken läuten und alle Kräfte werden mobilisiert, um nicht zu sterben. Nur bei ihr ist das nicht so. Und bei den andern beiden wohl auch nicht. Sammy erinnert sich an die Fahrt mit Nidal und muss schmunzeln.

»Was ist?« Ihr Vater blickt sie fragend an.

»Nichts.«

»Du hast doch gerade gelächelt.«

»Ist das jetzt auch verboten?«

»Nein. Natürlich nicht. Aber vielleicht will ich …« Er schaut zu ihrem kleinen Bruder. »Vielleicht wollen wir daran teilhaben, an deiner Freude.«

»An meiner *Freude?* Klar doch.«

»Hast du schon was fürs Wochenende geplant?«

»Wie bitte?« Sammy legt die Gabel aus der Hand. »Ich spiele mit meiner Band und dann …« Sie bricht ab. Der Blick ihres Vaters macht sie stutzig. Er scheint es tatsächlich ernst zu meinen.

»Wir könnten am Sonntag mal wieder den Grill anwerfen. Das Wetter soll die nächsten Tage ja so bleiben.«

»Hab schon was vor.«

»Kannst du das nicht verschieben? Auf den Abend?«

Sammy schüttelt den Kopf. »Wochenende geht nicht.« Was ist nur mit ihm los? Sonst verzieht er sich doch sogar sonntags in sein Arbeitszimmer, um Meetings oder was auch immer vorzubereiten. Ist wohl ein kurzfristiger Anfall von Fürsorge.

»Kann man nichts machen«, sagt er. Es klingelt an der Tür. »Erwartest du jemand?« Die Enttäuschung ist noch nicht aus seiner Stimme gewichen.

»Nein.« Sammy steht auf. »Mama hat bestimmt wieder den Schlüssel vergessen.« Sie geht zur Tür. Der Monitor der Haussprechanlage zeigt zwei Polizisten. Sie braucht keine Sekunde, um zu wissen, warum sie hier sind. Die rote Ampel, das Blitzlicht. Sie haben es übertrieben. Aber wieso geht das so schnell? Wenn ihr Vater geblitzt wird, dauert es Wochen, bis der Strafzettel kommt. Sie muss ja nicht sagen, dass jemand da ist. Auf dem Foto dürfte ohnehin nur Train zu erkennen sein. Sie hat sich ja nicht allzu weit nach vorne gebeugt.

»Wer ist es?«, ruft ihr Vater.

»Carla.«

»Bist du fertig mit Essen?«

»Ja.«

»Ich räum ab.«

Er räumt ab. Verwundert verlässt Sammy das Haus. Die Polizisten haben ihren Kombi direkt vor der Hofeinfahrt geparkt. Schräg, damit man nicht an ihnen vorbeikommt, wenn man vorhat abzuhauen. Einer von ihnen sitzt im Wagen, der andere spricht in ein Funkgerät und lehnt lässig am Kotflügel. Bestimmt sind die Nachbarn schon hinter den Vorhängen in Stellung gegangen.

Mit Unschuldsmiene verneint Sammy die Frage nach ihren Eltern. »Kommen erst heute Abend wieder.« Sie zuckt die Achseln. »Soll ich was ausrichten?«

»Ist nur eine Routineüberprüfung«, sagt der Polizist mit dem Funkgerät und stellt sich aufrecht hin. »Ihr Vater fährt doch einen Porsche? Wissen Sie, ob der Wagen in den letzten Monaten beschädigt wurde?«

»Beschädigt?« Sammy zuckt die Achseln. »Keine Ahnung.«

Der andere Polizist steigt aus dem Wagen. Er blickt zu seinem Kollegen und schüttelt den Kopf. »Können Sie Ihrem Vater bitte ausrichten, dass er sich auf dem Polizeirevier melden soll?«
»Am Wochenende?«
»Die Kollegen wissen Bescheid.« Er reicht Sammy ein Kärtchen. Sie wundert sich darüber, dass Polizisten Visitenkarten haben. Frau Drexler tritt aus dem Haus gegenüber. Sie grüßt übertrieben freundlich. Wahrscheinlich konnte sie den fehlenden Ton zu ihrer Soap nicht mehr länger ertragen. Das Polizeiauto fährt in Schrittgeschwindigkeit aus dem Wohngebiet. Sammy schaut die Straße hinunter und stellt sich eine Prozession vor. Bunt gekleidete Menschen, die einem weißen Sarg folgen. Sie wünscht sich einen weißen Sarg. Ausgeschlagen mit rotem Samt. Wie oberflächlich, denkt sie. Aber es ist ihr letzter Wille, und den muss man respektieren. Am Geld wird es jedenfalls nicht scheitern. Sie sollte das nachher aufschreiben. Vor dem Trauerzug müssen Jazzmusiker spielen. Mit Trompeten, Saxofon und einer Basstrommel, die den Rhythmus vorgibt. In Gedanken hört sie die volle Stimme einer schwarzen Sängerin, die das Zischen der Rasensprenger überdeckt. Sie schmunzelt. Irgendwie klingt das mit der Hautfarbe rassistisch, also wird sie das nicht aufschreiben.

Die Journalistin

»Stört es Sie, wenn ich unser Gespräch aufzeichne?« Die Journalistin streicht sich eine Strähne aus dem Gesicht. Ihr Zeigefinger schwebt über der Aufnahmetaste des Rekorders.
»Nein«, sagt die braunhaarige Frau. »Das ist okay.«
Ein Impuls. Der Finger trifft die rote Taste. »Ich werde Ihnen das Interview später vorlegen. Sie müssen also keine Angst haben, etwas Falsches zu sagen.«

Das Ehepaar nickt.

»Was erhoffen Sie sich von der Adoption eines Kindes?«

Die Frau wechselt einen Blick mit ihrem Mann. »Wir, also ich … ich erhoffe mir ein glückliches … Pardon … glücklicheres Leben. Wir wollen eine Familie sein. Endlich.«

»Meist dauert es Jahre, bis es so weit ist. Schrecken die Formalitäten Sie nicht ab? Zukünftige Adoptiveltern werden ja regelrecht durchleuchtet.«

Der Mann greift zum Wasserglas und trinkt einen Schluck. Vorsichtig stellt er das Glas auf den Tisch. Sein Blick schweift zu dem kleinen roten Lämpchen. Es hat aufgehört zu flackern. »Läuft Ihr Apparat noch?«

Die Journalistin nickt. »Alles okay. Sehen Sie, sobald wir reden, leuchtet das Lämpchen. Ist sehr zuverlässig.«

»Will nur nicht, dass Sie sich die Mühe umsonst machen. Ähm … wie war Ihre Frage noch mal?«

»Ob Sie es nicht unwürdig finden, was von werdenden Adoptiveltern an Kooperationsbereitschaft erwartet wird.«

Die Frau beginnt zu lächeln. »Wir, mein Mann und ich, wir verstehen das. Das Kind soll es ja gut haben. Ich bin froh, dass das so streng gehandhabt wird. Bei dem, was Kindern alles angetan wird, ist es richtig, dass nicht jeder dafür infrage kommt.«

»Und das Warten? Wie geht es Ihnen damit, nicht zu wissen, wann es so weit ist?«

»Wir halten den Kontakt zu Frau Gerber. Sie ist sehr nett.«

»Frau Gerber ist die zuständige Sozialarbeiterin?«

»Genau.«

»Haben Sie keine Angst, dass das Kind – *Ihr* Kind – Sie nicht als Eltern akzeptieren könnte?«

»Wie meinen Sie das?«

»Wenn es beispielsweise schon älter ist oder eines Tages herausfinden möchte, wo es herkommt?«

»Diese Frage wurde uns schon einmal gestellt«, sagt der Mann. »Davor habe ich keine Angst. Es wäre doch egoistisch, davor Angst zu haben, oder nicht?«

Die Journalistin nickt. »Vermutlich haben Sie recht.«

Die Frau streichelt ihrem Mann über den Unterarm. »Ich glaube, dass ein Kind spürt, wenn man es gut mit ihm meint. Und seine Herkunft, die möchte doch jeder kennen.«

»Sie würden das Kind also dabei unterstützen, wenn es eines Tages die Frage nach seinen leiblichen Eltern stellt?«

»Natürlich.«

»Auch wenn Sie wüssten, dass die Suche praktisch aussichtslos wäre?«

»Aussichtslos?«

»Weil sich die Mutter bei der Adoption gegen einen Kontakt ausgesprochen hat oder es anonym abgegeben wurde.«

»Wir würden alles tun, damit es glücklich wird.«

Patty

Patty steht vor einem Hochhaus. Danziger Straße. Tschechien, Polen, Ungarn? Wo liegt die Stadt noch mal? Er kommt nicht drauf. Egal. Er starrt auf den Klingelkasten. Die meisten Schilder sind überklebt. Mehrfach. Verstorben, umgezogen, verheiratet. Die Gründe sind vielfältig und unwichtig. Nach einer halben Minute findet er den richtigen Klingelknopf. Abgegriffen und vergilbt. Während er draufdrückt, ist er froh darüber, dass es seine Familie wenigstens zu einem Reihenhaus gebracht hat. Nicht schick, aber immer noch besser als das hier. Der Türöffner summt. »Hallo?«, sagt er in die Sprechanlage. »Ist Nidal da?« Statt einer Antwort bekommt er nur undefinierbares Geraschel zu hören. Wieder das Summen. Er drückt die Tür auf, macht einen Schritt in den Vorraum. In der Ecke steht ein kaputtes

Fahrrad. Auf dem schmutzigen Boden liegen Stapel von Werbe-
prospekten. Widerwillig betritt er den Aufzug. Wie alles hier,
sieht auch der nicht gerade vertrauenerweckend aus. Aber neun
Stockwerke mit vollem Magen, das schafft er nicht, ohne zu kotzen.

Der Aufzug setzt sich ruckelnd in Bewegung. Jemand hat den
Notausstieg in der Decke, eine quadratische Tür, geöffnet. Patty
fragt sich, ob er im Ernstfall da durchpassen würde. Wahrscheinlich müsste sich jemand gegen sein fettes Hinterteil stemmen.
Wird schon nichts passieren. Gelbe Lichter rauschen vorbei.
Stahlseile zittern unter der Last der Kabine. Jemand hat sich
einen Spaß gemacht und alle Knöpfe gedrückt. In jedem verdammten Stockwerk gehen die Türen auf. Keiner steigt ein.
Warum muss Nidal auch so weit oben wohnen? Durch den Notausstieg weht kühle Luft herein. Ein modriger Geruch. Immer
noch besser als Treppen steigen, denkt Patty. Er hasst Treppen.
Er hasst auch, dass er so viel frisst, aber daran kann er nichts
ändern.

Nidals Mutter öffnet die Tür. Sie begrüßt ihn mit aller Herzlich-
keit. »Nidal ist noch nicht da.«

»Wo ist er denn?«

»Im Supermarkt. Arbeiten.«

»Im Kaufland?«

»Edeka.«

»Edeka.« Patty kann sich ein Grinsen nicht verkneifen. Das hatte er nicht erzählt. »Welcher Edeka denn?«

»Auf dem Killesberg.«

»Echt«, sagt Patty. Bestimmt war das der Grund, weshalb er
nicht davon gesprochen hat. Auch die Sache mit der Privatschule hat er ihm lange Zeit verschwiegen. Das Wort »Stipendium«
hat Patty zum ersten Mal aus Nidals Mund gehört. Die Reichen
fühlen sich schuldig und beruhigen ihr Gewissen, indem sie ab

und zu einen von ihnen bei sich aufnehmen. So hat er es verstanden.

»Möchtest du einen Tee?«, fragt Nidals Mutter. »Hab gerade frischen aufgebrüht. In einer halben Stunde müsste Nidal wieder zurück sein.«

»Danke. Nein.« Patty schüttelt den Kopf. »Ich hol ihn ab.«

»Ist an der Kreuzung, wo's zum Krankenhaus geht. Direkt neben dem Gartencenter.«

Patty nickt. »Geht es Ihrem Mann wieder besser?«

»Meinem Mann?« Sie kräuselt die Stirn. »Was soll mit ihm sein?«

»Ich dachte … Ach, nichts. Hab ich Nidal wohl falsch verstanden.«

Patty verabschiedet sich. Er betritt den Aufzug. Jemand hat die Luke geschlossen. Jetzt riecht es nach Kotze. Ein säuerlicher Geruch, der kaum zu ertragen ist. Warum hat Nidal gelogen? Warum hat er behauptet, sein Vater habe Herzprobleme? Wochenlang ist er deshalb nicht mit ihnen um die Häuser gezogen. Stimmt es doch, was Rafti behauptet? Will Nidal nichts mehr mit ihnen zu tun haben? Der Aufzug bremst ab. Die Türen öffnen sich. Patty stolpert nach draußen. Sind ihm seine alten Freunde zu peinlich? Hat er auf seiner Privatschule längst neue, intelligentere gefunden? Das muss er ihm ausreden. Sie gehören doch zusammen! Nidal kann doch nicht vergessen, was sie alles erlebt haben. Oder doch? Patty beschleunigt seinen Schritt. Der keuchende Atem brennt in seiner Lunge. Er will nicht, dass Nidal ihn zurücklässt. Sie wollen doch zusammen einen Laden aufmachen. Das hat er doch ernst gemeint. Sein bester Freund. So was würde er doch nicht sagen, wenn er es nicht ernst meint.

Sammy

Die Generalprobe hat begonnen. Sammy sieht die anderen aus der Band an. Während sie singt. Einen nach dem anderen. Sie schließt die Augen, behält die Bilder in ihrem Kopf, friert sie ein und fügt den Gesichtern ein Lächeln hinzu. Der Rhythmus, sechzig Schläge pro Minute, wiegt sie in Sicherheit. Sie folgt der Melodie. Bis zum Schluss. Bis da nichts mehr ist. Außer Stille. Und diese Stille sagt ihr, dass es okay ist, zu gehen. Auch wenn er seltsam ist, dieser Abschied. Weil die andern ja nicht wissen, dass es ein Abschied ist.

»Weinst du?«

Sammy öffnet die Augen. »Nein.« Sie zieht ein Taschentuch aus der Hose. »Scheiß Allergie.« Sie tut so, als müsse sie niesen. »Scheiß Staub. Wir müssen mal wieder saugen.«

»Das groovt so geil. Hätte nie gedacht, dass eine langsame Nummer so grooven kann.« Carla legt ihre Hand auf Sammys Schulter. »Alles klar?«

»Sicher.« Sammy schnäuzt sich die Nase.

»Du warst ganz drin. Wahnsinn.« Carla schaut zu den anderen. »Sollen wir was trinken? Bin gerade in Stimmung.« Sie schaltet den Verstärker aus. Ein Knistern. »Mistteil!« Sie kickt dagegen.

»Gibt's eigentlich so was wie positive Melancholie?«

»Weiß nicht«, sagt Sammy. »Vielleicht.«

»Hast du schon einen Namen für den Song?«

»›The enemy inside‹.«

»Klingt krass. Geheimnisvoll. Hab den Text nicht ganz verstanden. Worum geht's?«

»Um Liebe.«

»Liebe? Das sind ja ganz neue Töne.« Carla lächelt herausfordernd. »Wer ist es?«

»Ich selbst.«

»Du selbst?« Carla legt die Stirn in Falten. »Also mehr die Esoterik-Nummer?«

»Ist nicht wichtig.«

»Du bist echt schräg drauf.« Carla reißt eine Flasche Bier aus dem Karton, öffnet sie an der Kante ihres Verstärkers. »Dann trinken wir auf die Liebe.«

Nidal

»Und achtet auf die Lücken! Nur Überfluss verleitet zum Kauf.« Wie gewöhnlich lässt sich der Filialleiter seine Aussage von jedem Mitarbeiter mit einem Nicken bestätigen. Nidal ist nicht bei der Sache. Er beobachtet Tim, wie er sich mit der Hand durchs Haar fährt.

»Nidal, hast du das mitbekommen?« Der Filialleiter hebt die Brauen.

Nidal schreckt hoch. »Klar … klar Chef, keine Lücken lassen.«

»Dann ran an die Arbeit. Und Tim, könntest du das T-Shirt bitte eine Nummer größer anziehen? Regale einräumen ist keine Modenschau. Was soll denn unsere Kundschaft denken?«

Tim lächelt schwach. »Sicher doch.«

»Im Lager gibt's noch jede Menge zu tun. Wer noch ein paar Stunden extra braucht, kann sich nachher bei mir melden.«

Sammy

Sammy ist schon spät dran. Sie sitzt vor der Zwei, gibt den Code ein und bekommt die Meldung, dass ihr Guthaben aufgebraucht ist. Sie überlegt, wieder zu gehen. Ihr Vater müsste doch endlich fertig sein mit seiner Steuererklärung. Sie könnte auch kurz bei dem Computershop vorbeigehen, ihren Laptop abholen und über den Hotspot beim Eiscafé ins Internet gehen. Aber um vier ist ja schon Soundcheck. Das wird zu knapp. Sie blickt zu dem tätowierten Mann. Der schenkt ein Glas Cola ein und unterhält sich. Der wird bestimmt nicht mitlesen. Train wollte ihnen nachher den Ort und die Uhrzeit nennen. Aber vielleicht geht er auch erst um Mitternacht online. Das wusste er noch nicht genau. Der Gedanke, morgen nur noch Geschichte zu sein, versetzt Sammy einen Stich in die Brust. Vielleicht sollte sie was trinken, um die Scheißangst zu betäuben. Damals auf den Gleisen hätte es ja auch fast funktioniert. Sie hätte nur etwas länger durchhalten müssen.

Sammy steht auf und geht zur Theke. »Halbe Stunde«, sagt sie.

»Keine neue Guthabenkarte?«

»Lohnt nicht.«

»Hast *du* nicht das Plakat für den Band-Wettbewerb aufgehängt?«

»Soll ich's abhängen? Ist ja heute Abend.«

»Keine Eile. Ist vor zwei Tagen nur so ein Typ da gewesen, der sich nach dir – nach deiner Band – erkundigt hat.«

»Wie hat er denn ausgesehen?«

»Weiß nicht mehr. Ich glaub, schwarze Haare. Aber vielleicht war er auch fett und hässlich. Kann ich mir nicht merken, bei dem, was hier los ist.«

»Hat er gesagt, was er will?«

»Er hat sich erkundigt, ob's noch Karten gibt. War aber nur vorgeschoben, wenn du mich fragst.«

Sammy lächelt. »War der Junge heute auch schon da?«

»Keine Ahnung. Hab erst vor zehn Minuten mit der Schicht begonnen.«

»Wenn er auftaucht, können Sie ihm dann sagen, dass er auf der Gästeliste steht?«

»Sicher.« Nickend reicht ihr der Mann den Zettel mit dem Zugangscode. »Du kennst ihn?«

»Vielleicht.«

»Und auf welchen Namen?«

»Wie bitte?«

»Was soll dein Verehrer an der Kasse sagen?«

Sammy zuckt die Achseln. »Sagen Sie ihm ...« Sie überlegt kurz. »Sagen Sie ihm, dass Niemand auf der Gästeliste steht.«

»Seltsames Spiel, das ihr da treibt.«

10. WER STEHT AN DEINEM GRAB?

Nidal

Im Lager riecht es muffig. Kein Tageslicht. Nur das Brummen unzähliger Neonröhren. Im hinteren Teil steht ein altes Transistorradio. Fröhliche Schlagermusik. Ein Moderator erfüllt Hörerwünsche. Das Radio ist die einzige Verbindung nach draußen. Die Tore müssen zubleiben, bis ein LKW vor die Rampe fährt. Fünf bis zehn Minuten frische Luft und etwas Tageslicht. Geschwindigkeit wird erwartet von denen, die hier drin schuften. Nidal geht an Moha vorbei. Der alte Mann füttert die ächzende Presse mit Kartons. Wahrscheinlich schon seit dreißig Jahren. Nidal beobachtet seine abgehackten Bewegungen, mehr Maschine als Mensch. Plötzlich verspürt er den Drang, ihn nach dem Sinn zu fragen. Wie würde Moha reagieren? Ihn auslachen? Verständnislos den Kopf schütteln oder von seinen Träumen erzählen? So wie alte Leute das oft tun. Rückblicke, die sich in lauter »hätte«, »wenn« und »wäre« verzweigen. Wie die Äste eines großen Baums, der immer am selben Ort bleiben musste.

Tim schleift einen blauen Müllsack hinter sich her. Er winkt Nidal heran. Sie sollen Abfälle vom Boden aufsammeln. Jeden noch so kleinen Schnipsel. Von Hand. Der Chef wird später kontrollieren, ob sie nicht geschlampt haben. Der Sack füllt sich schnell. Nidal will seine Arbeit ordentlich machen. Wie immer. Er kniet auf dem Boden und versucht, Reste braunen Klebebands wegzukratzen.

»Übertreib's nicht«, sagt Tim. »Den Dreck kriegst du nicht mehr von den Fingernägeln.«

Nidal betrachtet seine schmutzigen Hände. »Egal.« Er reibt sie an der Jeans ab. »Wann hast du's eigentlich kapiert?«

»Dass mich schmutzige Hände nicht anmachen?«

»Du weißt, was ich meine.«

»Eine Zeit lang kann man es verdrängen. Aber das ist wie ein Stachel, der sich immer tiefer ins Fleisch bohrt, wenn man ihn nicht entfernt.«

»Hattest du auch mal was mit 'ner Frau?«

»Klar«, sagt Tim lächelnd. »Hab mich 'ne Weile erfolglos als Hetero versucht. War echt nicht fair für die Frauen.« Er zuckt die Achseln. »Als Kind hat mich meine Schwester immer damit aufgezogen, dass ich lieber mit ihren Puppen gespielt hab als mit Autos. Klingt wie das volle Tunten-Klischee. Nicht wahr, mein Süßer?« Tim will Nidal umarmen, der weicht zurück.

»Und als du's dann kapiert hast? Was hast du getan?«

»Ich bin rumgerannt und hab allen davon erzählt. Nein. Spaß beiseite. Ich hab mich in mein Zimmer eingesperrt und alle Möglichkeiten durchgespielt.«

»Alle?«

»Alle!«

»Wegen deiner Eltern?«

»Nein. Nur wegen mir. Meine Eltern sehen das ganz entspannt.«

Sie kommen an der Papierpresse vorbei. Moha steht gebeugt und fluchend vor der Maschine. Nidal denkt, dass er kein knorriger alter Baum werden möchte, über dem sich ein Dach aus Blättern schließt. Was bringt der Schutz vor Regen, wenn man dafür nie Sonne sehen kann?

Sammy

Sammy schließt die Haustür auf. Sie hat ihr Handy vergessen. Langsam spürt sie, wie die Aufregung in ihren Körper kriecht. Morgen früh ist es so weit. Sie werden vom Dach eines Parkhauses springen. Immerhin besser als der Fernsehturm. Die genaue Adresse will er ihnen morgen früh mitteilen.

Sie betritt die Küche. Ihr Vater sitzt, den Rücken zu ihr gewandt, an der Bar. Sein Kopf hängt tief zwischen den Schultern. Sieht beinahe aus, als sei er geschrumpft. Ihre Mutter steht am Waschbecken und schält Kartoffeln. Der Wasserhahn läuft. Auch sie hat ihr Eintreten nicht bemerkt.

»Ist irgendwas?«, fragt Sammy und angelt sich eine Banane aus der Glasschüssel. Als sie keine Antwort bekommt, geht sie um die Theke herum.

»Hallo, Sammy«, sagt ihr Vater schwach. Vor ihm liegen Formulare. Vielleicht die Anmeldung fürs Internat. Aber das muss sie ja nicht mehr kümmern. So wie er vor sich hinstiert, sind wohl eher die Aktienkurse eingebrochen.

»Ist was mit deiner Firma?«, fragt Sammy. »Sind die Umsätze eingebrochen?« Sie kann sich ein Lächeln nicht verkneifen.

Stumm schüttelt ihr Vater den Kopf. Er sieht aus, als sei er um Jahre gealtert. Gegen tiefe Falten scheinen die teuersten Cremes nichts auszurichten. Ihre Mutter wischt sich die Hände ab und dreht sich um. Ihre Gesichtszüge sind unbewegt. Zögerlich öffnet sie den Mund. »Dein Vater hat Ärger mit der Polizei. Warum hast du nicht gesagt, dass er aufs Revier kommen soll?«

»Muss ich … muss ich wohl vergessen haben.«

»Vergessen. Die Polizei.« Kopfschüttelnd lässt ihre Mutter die geschälten Kartoffeln in den Kochtopf fallen.

»Bist du wieder zu schnell gefahren?«, fragt Sammy.

»Nein.«

»Zweiter Versuch: Hast du endlich den Mistkater von Drexlers ins Jenseits befördert?«

»SAMMY!«, schreit ihre Mutter. Die Sehnen an ihrem Hals treten hervor. »Es ist ernst!«

»Ich hab … ich hab jemanden umgefahren und bin abgehauen.«

»Fahrerflucht? Du?« Sammy muss schlucken. Das Grinsen weicht aus ihrem Gesicht. »Ist er … tot?«

»Nein … nein. Glücklicherweise nicht.«

»Und wann soll das gewesen sein?«

»Vor ein paar Monaten. Ich … ich … Es war ein Fehler.«

»Jetzt kapier ich, warum dein Assistent den Porsche zur Reparatur bringen musste. Sogar dazu warst du zu feige.«

»Sammy!«, sagt ihre Mutter scharf. »Dein Vater steckt in Schwierigkeiten. Wahrscheinlich verliert er für längere Zeit seinen Führerschein. Sogar ins Gefängnis könnte er kommen. Du weißt, was dann los wäre!«

»Wird schon nicht so schlimm werden. Papa hat doch die besten Anwälte. Und irgendwie wäre es doch auch gerecht. Ihr sagt doch immer, dass man für seine Fehler geradestehen muss.«

»Warst du in letzter Zeit mal an meinem Porsche?«, fragt ihr Vater. Seine Stimme ist ungewohnt schwach. Seine Lippen bewegen sich kaum.

»Ich?« Sammy versucht, ihre Überraschung zu verbergen. »Nein. Was soll ich denn …? Wie kommst du denn darauf?«

»Nur so. Ich hab gestern 'ne CD gesucht.«

»Ich interessier mich nicht für Opern.«

»War deine Band drauf. Ist gut geworden. Bist auf dem richtigen Weg.« Ihr Vater versucht zu lächeln. »Wenn du willst, kann ich mal mit Ingo sprechen. Vielleicht lässt er euch für ein paar Stunden in sein Studio.«

Sammy weiß nicht, was sie sagen soll. Sie hat Mühe, ihre Mimik zu kontrollieren. Ein Mundwinkel zittert. Sie geht zur Tür. Aus dem Augenwinkel betrachtet sie diesen seltsamen Mann, ihren Vater. Warum tut er das? Spürt er, was mit ihr los ist? Ist er deshalb plötzlich so verändert?

»Wir lösen uns auf«, sagt Sammy leise und verlässt die Küche.

»Schade«, hört sie ihren Vater sagen. »Du solltest trotzdem weitermachen.«

Patty

Patty betritt den Supermarkt. Die Beleuchtung kommt ihm heller vor als im Kaufland. Eine gut gekleidete Frau legt ihre Tomaten auf die Waage. Ihr quengelndes Kind trägt tatsächlich Tommy Hilfiger. Was für eine Verschwendung. Er schüttelt ungläubig den Kopf. Vor einem Regal steht ein groß gewachsener Mann im Arbeitskittel und begutachtet die Marmeladengläser. Patty geht zu ihm hinüber. »Ähm … ist Herr Marovan, ich meine, Nidal, arbeitet der bei Ihnen?«

Der Mann mustert Patty wie einen Fremdkörper, der nichts in seinem Laden verloren hat.

»Ist hinten im Lager. Hat aber erst in einer halben Stunde Feierabend.«

Patty zeigt seine hellen Zähne. »Ist wichtig.«

»Ausnahmsweise. Durch die blaue Tür.« Der Mann deutet mit dem Kopf Richtung Fleischtheke. »Aber nichts anfassen!«

»Bestimmt nicht.«

Nidal

Tim schaut fragend zu Nidal. »Was meinst du? Womit soll ich recht haben?«

»Dass manche Leute Angst haben vor allem, was nicht in ihre

kleine Welt passt, und deshalb so scheiße reagieren.« Nidal macht eine Pause. »Vielleicht bleibt ihnen ja keine andere Wahl.«

»Wieso das denn?«

»Weil sie nicht damit umgehen können. Weil sie es nicht verstehen. Selbst wenn sie wollen.«

Tim sagt nichts. Nachdenklich fährt er sich mit der Hand durchs Haar, dann schließt er den Müllbeutel.

»Ist was?«, fragt Nidal. »Hab ich was Falsches gesagt?«

»Nein«, sagt Tim und blickt ihm direkt in die Augen. »Seit wann weißt du es?«

Nidal spürt ein Ziehen in der Magengegend. Ein eiskalter Schauer läuft ihm über den Rücken. Seine Stimme zittert. »Schon … schon ewig.«

»Und jetzt?«

»Bleibt alles beim Alten.«

»Das glaub ich nicht.«

»Wieso?«

»Weil du das nicht packst. Das packt keiner, ohne irgendwann vor die Hunde zu gehen.«

Nidal senkt den Blick. »Dann muss es wohl so sein.«

Patty

Patty geht um das Hochregal herum. Paletten mit Süßigkeiten. Twix. Mars. Bounty. Vorrat für ein ganzes Leben. Das Wasser läuft ihm im Mund zusammen. Hier sollte man ihn mal einsperren, das wäre ein Festmahl. Fassungslos schlendert er an den Regalen entlang. Am Ende des Korridors entdeckt er seinen Kumpel. Nidal sitzt auf einem Gabelstapler und unterhält sich. Das nennt er also arbeiten. Wenn sie zusammen den Laden aufmachen, wird er sich hoffentlich mehr ins Zeug legen. Patty lächelt. Vielleicht sollte er ihn erschrecken. Er sucht Schutz zwischen Paletten mit Waschmitteln. Durch einen Spalt gelangt er auf die Rückseite des Regals und kann sich unbemerkt anschleichen. Nidal wird Augen machen. Vielleicht sollte er seine Stimme verstellen und »Feuer!« oder so schreien.

Patty ist nur noch wenige Meter von Nidal entfernt. Er entdeckt einen schmalen Durchgang und zieht den Bauch ein. Er muss endlich abnehmen. Andere schaffen das doch auch. Und er will sich später keinen Anzug in Übergröße kaufen müssen. Sein Herz pumpt schneller. Er lehnt sich gegen einen Stapel Blumenerde. Dort wartet er, bis sich sein Atem wieder beruhigt hat. Mit seinen wulstigen Händen formt er einen Trichter. Die Vorfreude, Nidal zu erschrecken, zaubert ein seliges Lächeln auf sein Gesicht. Er geht in Position und holt tief Luft. Er will losbrüllen, als sich Bilder vor seine Augen schieben, die ihn erstarren lassen. Kein Ton kommt über seine Lippen. Sein Herz bleibt stehen. In seinem Kopf explodieren die Gedanken. Seine Hände werden zu Fäusten. Soll er kämpfen? Aber was würde das bringen? Pattys Hände beginnen zu zittern. Er fragt sich, wann er das letzte Mal geweint hat. Muss schon etliche Jahre her sein. Wahrscheinlich, als sein kleiner Bruder gestorben ist. Damals, am See. Und jetzt ist er dabei, einen weiteren Menschen zu verlieren. Einen Vertrauten. Seine Eingeweide ziehen sich zusammen. Der Anblick ist kaum zu ertragen. Nidal – *sein bester Freund* – küsst einen Jungen. Er ist eine verdammte Scheißschwuchtel? Ein Arschficker! Kraftlos lässt Patty seine Arme sinken. Er bewegt sich keinen Millimeter. Plötzlich erinnert er sich an jede Umarmung, an jeden Händedruck, jede flüchtige Berührung. Wie kann er ihn nur so getäuscht haben? Seine Brust wird enger. Er schließt die Augen, steckt sich die Finger in die Ohren und will, dass es nur ein Traum ist, ein mieser, stinkender Albtraum.

»Hat dich dein Freund gefunden?« Der Marktleiter schaut auf die Wanduhr und notiert Nidals Arbeitszeit.

»Wen meinen Sie?«

»Den beleibten jungen Mann. Ich hab ihn vorhin ins Lager geschickt.«

Nidal nickt verunsichert. Das kann nur Patty gewesen sein. Hat er ihn etwa gesehen?

»Hat mich gefunden«, sagt er hastig. Er muss mit ihm reden, bevor er zu den anderen geht. Vielleicht lässt sich die Sache mit Geld regeln.

»Ich wäre glücklich, wenn du deine Privatangelegenheiten in Zukunft *vor* der Arbeit erledigen könntest. Ich bezahle nicht für Kaffeekränzchen.«

»War wichtig.«

»Deine Arbeit hier ist wichtig!« Der Marktleiter blickt ihn mahnend an. »Ist noch was?«

»Könnten Sie mir das Geld ausnahmsweise schon heute geben?«

»Ihr jungen Leute! Kaum verdient, schon wieder ausgegeben. Hier.« Er reicht Nidal einen Zettel. »Frau Rot soll dich auszahlen.«

»Für den ganzen Monat?«

Der Marktleiter seufzt. »Auch das.«

»Danke.« Nidal nimmt den Zettel, holt sich das Geld und verschwindet auf die Personaltoilette. Er setzt sich in die muffige Kabine und betrachtet die grauen Innenwände. Nur ein windschiefes Herz mit Initialen, aber keine dämlichen Sprüche. Keine Zeichnungen von Schwänzen und Ärschen, die mit ein paar dummen Wörtern garniert sind. So wie damals auf der Schultoilette. »Schwuchteln in die Gaskammer« – diesen Spruch wird

er nie vergessen. Am liebsten wäre er damals durch die Klassen-
zimmer gerannt und hätte sie alle abgeknallt. Wie konnte er nur
so naiv sein, zu glauben, dass Menschen mit Geld und Bildung
weniger Vorurteile haben als die Leute in seiner Clique? Er dachte, ein privates Gymnasium würde ihm dabei helfen, eines Tages
dazu stehen zu können, anders – *schwul* – zu sein. Er schüttelt
den Kopf. Wahrscheinlich können sich intelligente Menschen
nur besser verstellen. Das wird es sein. Gute Schauspieler haben
Abitur.

Nidal legt die Geldscheine vor sich auf die Fliesen und fächert
sie auf. Vielleicht kann er sich damit eine letzte Lüge erkaufen.
Sollte Patty sein Angebot ablehnen, wird er ihm damit drohen,
ihn wegen der geklauten Handys zu verpfeifen. Seine Eltern dürfen auf keinen Fall die Wahrheit erfahren. Sie können nichts
dafür, dass er geworden ist, wie er ist. Es ist allein seine Schuld.
Deshalb ist es auch seine Pflicht, die Schande von ihnen abzu-
wenden.

Die Journalistin

»Frauen können eine Schwangerschaft also tatsächlich verdrängen?« Die Journalistin schiebt ihr Diktiergerät in die Mitte des
Schreibtischs. »Und das monatelang?«

»Wir kennen Fälle, in denen die Frau der festen Überzeugung
war, nicht schwanger zu sein.«

»Das ist kaum zu glauben.«

»Die menschliche Psyche vermag Ungeahntes zu leisten, wenn
es darum geht, Tatsachen zu verdrängen. Auch körperlich.«

»Nehmen wir mal an, die werdende Mutter weiß davon und
will es geheim halten. Wie, wenn überhaupt, ist so etwas möglich?«

»Weite Kleidung. Den Bauch abbinden. Die Möglichkeiten sind

vielfältig. Auch da kommt die Psyche wieder ins Spiel. Wenn eine Frau nicht stolz darauf ist, schwanger zu sein, zeigt sich das auch nicht so stark.«

»Sie meinen, der Bauch wird nicht so groß?«

»Der Körper verdrängt, was die Frau verdrängen will. Die größte Gefahr für das Baby ist die Geburt. Die Mütter befinden sich in einem Ausnahmezustand und wollen ihr Kind weder sehen noch hören, was oftmals fatale Folgen für das Neugeborene hat.«

Nidal

Nach dem dritten Läuten geht Patty endlich ran. »Hallo Patty«, sagt Nidal ruhig. Er hat sich die Worte zurechtgelegt. Sein Puls beschleunigt. Patty antwortet nicht. Nur sein schleifender Atem ist zu hören. »Hast du dein Spray vergessen?«

»Nein!«, sagt Patty hart. »Warum … warum hast du mich die ganze Zeit verarscht?«

Patty hat ihn also gesehen.

Alle Kraft weicht aus Nidals Körper. Er sinkt in sich zusammen, drückt den Kopf gegen die Trennwand und versucht, seine Tränen zurückzuhalten. Er muss ihn zum Schweigen bringen. Notfalls mit Gewalt.

»Ich … ich hab dich nicht verarscht«, sagt Nidal leise.

»Hast du wohl!«, entgegnet Patty.

»Sagst du es den andern?«

»Nein. Ist deine Sache.« Patty macht eine Pause. »Ich will nicht, dass wir keine Freunde mehr sind.«

»Was?«, fragt Nidal überrascht.

»Fass mich nur nie wieder an! Verstanden? Ich will, dass du deine Hände bei dir lässt. Klar?«

»Okay. Abgemacht. Ich … ich werd dich nicht mehr anfassen. Keine Angst.«

»Wenn du es doch tust, bring ich dich um.«

»Danke«, sagt Nidal und betrachtet seine Tränen, die geräuschlos auf die Geldscheine tropfen. »Danke, Patty, dass wir Freunde bleiben.«

11. WAS BEREUST DU?

Yoshua

»Hat sie wirklich gesagt, dass ich auf der Gästeliste stehe? Sie irren sich nicht?«

»Nein.« Der Mann reicht Yoshua den Zettel mit den Zugangsdaten. »Du hast dich doch vorgestern nach dem Mädchen erkundigt.«

Yoshua nickt. »Hat sie gesagt, auf welchen Namen?«

»Ja … ja, das hat sie.« Der Mann kratzt sich an der Stirn. »Ich wollt's mir noch aufschreiben. Verdammt! War irgendwas Seltsames. Warte. Fällt mir gleich wieder ein. Wie heißt du denn?«

»Yoshua.«

»Das war's jedenfalls nicht. Daran würde ich mich erinnern. War irgendwas Merkwürdiges. Habt ihr gechattet? Vielleicht ist es dein Nickname.«

»Wir haben nicht gechattet.«

Der Mann tickt nervös gegen ein leeres Glas. »Was ist das Gegenteil von ›etwas‹?«

»Das Gegenteil von ›etwas‹?«, wiederholt Yoshua. »›Nichts‹?«

Der Mann reißt die Augen auf und lächelt. »Scheiße! Klar. Jetzt hab ich's: Niemand! Sie hat gesagt, dass sie Niemand auf die Gästeliste schreibt.«

Sammy

Der Soundcheck beginnt mit einem Kurzschluss. Die Lichter über der Bühne flackern auf und erlöschen wieder. Die Hauptsicherung ist rausgeflogen. Der Typ hinter dem Mischpult flucht. Eine Minute später kehrt der Strom zurück. Sie haben nur zehn Minuten. Jedes Lied wird einmal kurz angespielt. Sammys Wahrnehmung ist feiner als sonst. Wie ein wachsames Tier, das Geräusche, Gerüche und Stimmen um ein Vielfaches verstärkt empfängt. Ihre Laune ist gut. Die Zeit vergeht wie im Flug. Vielleicht liegt es am Bier. Sammy steht hinter der Bühne und hört den anderen Bands beim Soundcheck zu. Die nächste Stunde unterhält sie sich mit anderen Musikern. Jeder hat irgendeine lustige Geschichte auf Lager. Alle sind sie aufgeregt. Sie späht in den Zuschauerraum. Vielleicht wird er gar nicht auftauchen. Der Junge aus dem Internetcafé. Um kurz vor acht geht sie zum Eingang und schielt dem Mädchen an der Kasse über die Schulter. Er steht auf der Gästeliste. Er ist tatsächlich gekommen! Sie kehrt zurück. Ihr Blick durchforstet den überfüllten Raum. Das Licht ist gedämpft. Sie kann ihn nicht ausfindig machen. Der Moderator kündigt den ersten Act an. Sie verschwindet im Backstage-Bereich. In einer halben Stunde sind sie an der Reihe.

Marie

Sie trägt eine gelbe Bluse. Acht Wochen sind vorbei. In wenigen Stunden ist der Countdown abgelaufen. Ab Mitternacht ist Emma frei. Ein unbeschwertes Leben liegt vor ihr. Ohne die Last der Vergangenheit kann sie diese Welt erobern. Ohne zu wissen, dass sie nur deshalb geboren worden ist, weil die eigene Mutter einen schweren Fehler begangen hat.
Marie stellt sich auf den Balkon und zündet die Briefe an. Sie

will alle Spuren verwischen, die zu Emma führen. Wenn sie fort ist, soll es keinen Hinweis geben. Den Abschiedsbrief für ihre Eltern hat sie vorhin in den Postkasten geworfen. Darin steht, dass sie unglücklich verliebt war und deshalb sterben wollte. Das klingt plausibel. Und in gewisser Weise ist es die Wahrheit. Hauptsache, sie kommen nicht auf die Idee, Nachforschungen anzustellen. Aber dass jemand aus unerwiderter Liebe sterben will, ist ja nichts Ungewöhnliches. Dann nennen es die Leute meist Freitod.

Yoshua

Yoshua steht vor der Bühne. Sie wollen es erst morgen tun, versucht er sich zu beruhigen. Ihm bleibt noch genügend Zeit. Sobald er den genauen Ort kennt, wird er die Polizei alarmieren. Sie dürfen nur nicht auf die Idee kommen, sich per SMS zu verständigen. Wenn sie das tun, ist er aufgeschmissen. Er wird die ganze Nacht aufbleiben. Den Laptop und den Surfstick hat er dabei. Er wird Sailor folgen und vor der Villa warten, falls sie noch einmal dorthin zurückkehren sollte. Er stellt sich an den Bühnenrand, in die erste Reihe. Vielleicht erkennt sie ihn. Schließlich hat sie ihn ja auf die Gästeliste geschrieben, also muss sie sich an ihn erinnern. Er wird sie ansprechen. Auf keinen Fall darf er durchblicken lassen, ihren Plan zu kennen. Nachher warnt sie die anderen. Dann kann er nicht alle retten.

Sammy

Die erste Band geht von der Bühne. Der Applaus ist mäßig. Sammy hat den Jungen entdeckt. Er steht auf der linken Seite und trinkt Cola. Sie hatte ihn größer in Erinnerung. Das kann aber auch an der Perspektive liegen. In weniger als zwanzig

Minuten wird sie ihn aus der Nähe betrachten können. Sobald der Moderator dem Publikum zum zweiten Mal erklärt hat, wie der Wettbewerb funktioniert, und die nächste Band fertig ist.

»Aufgeregt?«, fragt Carla.

»Weiß nicht«, antwortet Sammy. »Sollen wir die langsame Nummer wirklich spielen? Bist du sicher?«

»Der Song ist gut. Entweder die Leute kapieren das, oder eben nicht. Wir wollen doch unser Ding machen, oder nicht?«

»Ja«, sagt Sammy lächelnd. »Das wollen wir. Willst du dir eigentlich noch immer einen neuen Amp zulegen?«

»Momentan bin ich blank. Vielleicht lassen meine Eltern zum Geburtstag was springen.«

»Wie wär's mit 'nem Fender?«

Carla knufft Sammy in die Seite. »Hey, du verwöhntes Stück. *Meine* Alten sind Normalverdiener.«

»Kannst meinen haben.«

»Deinen? Wieso das denn? Willst du aufhören?« Carla zupft verunsichert an ihrer Gitarre.

»Quatsch. Ich will mir 'nen Marshall zulegen. Klingt wärmer.«

»Was soll dein Amp kosten?«

»Weiß nicht. Wie viel kannst du denn zahlen?«

»Achtzig. Sind achtzig okay?«

»Hundert«, sagt Sammy mit unbewegter Miene. »Neu kostet er das Dreifache.«

»Einverstanden. Du Halsabschneiderin.« Carla hebt die Brauen. »Geh'n auch Raten?«

»Sicher doch. Und null Zinsen.« Sie reichen sich die Hände. »Kannst ihn nachher gleich mitnehmen.«

»Wann willst du die erste Kohle?«

»Lass dir Zeit. Ist nicht eilig.«

»Danke.«

Sie umarmen sich. Der Moderator kündigt sie an.

Nidal

Nidal hockt auf dem Spielplatz. Er schaukelt. Seine Füße scharren über den aufgeplatzten Beton. Zwischen den Wohnblocks klebt unbekümmert der Vollmond. Die Dunkelheit macht diesen hässlichen Ort kaum erträglicher. Auf Nidals Schoß liegt der Laptop. Er spürt die Wärme des Akkus auf seinen Oberschenkeln. Er aktiviert die Funkverbindung und bekommt eine Liste mit Netzwerken. Wahrscheinlich sind noch viele Leute online. Auf der Suche. Nach Liebe, nach Sex, nach Freundschaft, Unterhaltung und Ablenkung. Er loggt sich ein. Whisper ist nicht online. Was sie wohl gerade macht? Und Sailor? Wie wird ihr letzter Auftritt sein? Mit der S-Bahn wäre er in fünf Minuten in der Röhre. Die Plakate hängen ja überall. Vielleicht kann ihn die Musik etwas runterbringen. Er klappt den Laptop zu, packt ihn in seinen Rucksack und macht sich auf den Weg.

Sammy

Sammy kann es nicht fassen. Was war das eben? Dieses Gefühl? Die Leute applaudieren. Auch der Junge aus dem Internetcafé. Er steht da, lächelt ihr zu und klatscht in die Hände. Rhythmisch. Sie wollen eine Zugabe. Aber sie hat doch nur gesungen. Nichts weiter. Nur das getan, was ihr am meisten Spaß macht. Komischerweise ist es nicht wie sonst. Keine schmerzhafte Leere, die sie nach dem letzten Ton empfängt. Keine Angst. Vielleicht ist das so, wenn man bereit ist, zu sterben. Vielleicht geht dann alles leichter. Auch das Vertrauen. Dem Augenblick. Der Zukunft. Sie könnte sich sogar verlieben, in diesen Jungen, der sie jetzt so merkwürdig anschaut. Auch wenn Verlieben nur Täuschung ist. Es ist schön, zu wissen, dass man vielleicht doch lieben könnte, wenn der Richtige kommt. Sie will dieses Gefühl nicht zerstören. Sie will es mitnehmen in die Unendlichkeit. Deshalb verlässt sie die Veranstaltung durch den Seitenausgang.

Nidal

Seine Hände tun weh. Er lehnt sich gegen die Bar und applaudiert. Das ist also Sailor. Diese Stimme wird er nie vergessen. So ehrlich, so ungeheuer ehrlich. Er hat sie sich anders vorgestellt. Kein zierliches junges Mädchen. Kein makelloses Gesicht. Selten hat er einen Menschen gesehen, der so glücklich aussieht. Sailor verbeugt sich. Sie legt ihre rechte Hand aufs Herz. Sie wirkt überwältigt. Das Publikum tobt. Vielleicht hätten sie Freunde werden können. Im wirklichen Leben. Mit richtigem Namen. Ganz ohne Lügen. Aber dafür ist es zu spät.

Marie

Marie muss kotzen. Seit einer halben Stunde kniet sie vor der Kloschüssel. Ihr ist übel. Sie hat keine Ahnung, wie sie die nächsten Stunden überstehen soll. Sie spült den Mund aus, geht auf den Balkon und starrt in den Sternenhimmel. Sie hätten es doch bei Nacht tun sollen. Warum hat sie nichts dagegen gesagt? Sie hätte nur den Mund aufmachen müssen. Bestimmt können die anderen auch kein Auge zutun. Von drinnen hört sie ihr Handy klingeln. Nur einmal. Vier Töne. Eine SMS. Verwundert kehrt sie zurück an den Schreibtisch.

12. WONACH SUCHST DU?

Sammy

Sammy steht vor dem Parkhaus. In einem gläsernen Häuschen sitzt ein Mann und liest Zeitung. Er nimmt keine Notiz von ihr. Sie überquert das Parkdeck und erreicht die andere Seite. Train hat gesagt, dass man nur über die hinteren Treppen auf das Dach gelangen kann. Sammy kommt an eine dunkle Tür. Sie hat Mühe, sie aufzuziehen. Mit einem dumpfen Knall fällt sie hinter ihr ins Schloss. Wahrscheinlich sind die anderen schon oben. Sie hat eine Melodie im Kopf, während ihre Beine sie Stockwerk für Stockwerk nach oben tragen. Es ist ihr eigener Song. Die Ballade. Vielleicht gibt es den Song ja wirklich noch nicht. Das könnte doch sein? Vielleicht sollte sie weitere Lieder in der Art schreiben. Nicht so hart und aggressiv wie die anderen Stücke. Würde das funktionieren, dann würde das Gefühl, alles schon zu kennen, vielleicht auch verschwinden. Sie stemmt sich gegen die schwere Stahltür. Rost blüht in ausgefransten Buchstaben. Ein »F« oder ein »G«. Kaum noch zu erkennen im kalten Licht der Neonröhre. Die anderen sind noch nicht da, sonst wäre die Tür nur angelehnt. Sie ist zu früh. Wofür eigentlich? Zum Springen? Will sie das wirklich tun? Jetzt? Heute? Die Tür gibt nach, grelles Sonnenlicht empfängt sie. Sammy beschirmt die Augen und macht einen Schritt nach draußen. Von unten ist Straßenlärm zu hören. Sie blickt über das Dach. Sie ist die Erste. In spätestens zehn Minuten müssten die anderen da sein. Ein alter Bürostuhl mit kaputten Füßen und ausgeweidetem Sitzpolster liegt umgekippt am südlichen Rand des Flachdachs. Der Boden ist übersät mit menschlicher DNA. Kaugummis. Zigarettenstummel. Glasscherben. Wahrscheinlich ist hier samstagnachts die Hölle los. Von hier oben muss man über die ganze Stadt sehen können. Die Lichter.

Ihr Handy vibriert. Eine SMS. Sammy zieht es hektisch aus der Hose und liest die Nachricht. Sie kommt von Nidal. Es dauert einige Sekunden, bis sie kapiert, was da auf dem Display steht: DIE MUSIK HAT DICH GERETTET.

Sofort ruft sie Nidals Nummer an. Nur die Mailbox. Sie hört Sirenen. Sie schaut Richtung Bahnhof. Ein Krankenwagen fährt auf den Platz vor dem Haupteingang. Die Menge teilt sich. Sie haben es getan! Alleine. Ohne sie. Sie beginnt zu zittern. Am ganzen Körper. Sie will weinen, aber es geht nicht. Durch ihren Kopf schießen Bilder, Gedanken und Ausschnitte von Gesprächen. Unter ihren Füßen beginnt der Kies zu schwimmen. Sie will an den Abgrund gehen, aber sie kann nicht. Etwas hindert sie daran, den Plan zu vollenden. Das Näherkommen von Polizeisirenen unterbricht den wirren Gedankenstrom. Hinter ihr ein Quietschen. Sie fährt herum. Da steht der Junge aus dem Internetcafé. Wie eine biblische Erscheinung. Außer Atem. Schweißtropfen auf der Stirn und Angst in den Augen. Sammy weiß, dass es kein Zufall ist. Es gibt keine Zufälle.

»Wo sind die anderen?«, bringt der Junge keuchend hervor. Sammy schüttelt den Kopf. Der Junge sinkt in die Hocke. Sammy geht zu ihm und nimmt ihn in die Arme.

Die Psychologin

Sie drückt ihre Zigarette aus und geht in das Besprechungszimmer. Der Mann sitzt zusammengesunken auf dem Stuhl und scheint starr geradeaus zu blicken. Erst als sie ihn mit seinem Namen anspricht, nimmt er Notiz von ihr und setzt sich aufrecht hin. Die Psychologin kennt diesen stumpfen Blick. Auch wenn man sie nicht informiert hätte, wüsste sie, was geschehen ist.

»Möchten Sie etwas trinken?«, fragt die Frau und nimmt hinter dem Schreibtisch Platz. Sie zieht ein leeres Blatt Papier aus dem Ablagefach und klickt mit dem Kugelschreiber. »Können Sie schon darüber reden?«

Der Mann öffnet den Mund, aber die Worte fehlen. Diese Bilder werden ihn sein restliches Leben verfolgen. Das weiß die Psychologin. Sie weiß auch, dass sie versuchen werden, ihn loszuwerden, sobald sie ihr Gutachten geschrieben hat. Vielleicht reicht es für eine gute Abfindung.

»Sie sollen jetzt also herausfinden, ob ich noch arbeiten kann?«, fragt der Mann.

»Nein. So dürfen Sie das nicht sehen. In erster Linie soll ich herausfinden, wie es Ihnen geht.«

»Ich werde kündigen. Morgen. Alles fristgerecht. Müssen sich also keine Mühe geben.« Der Mann erhebt sich.

»Bleiben Sie, bitte.«

»Können Sie mir helfen? Das glaub ich nicht. Niemand kann mir helfen. Niemand wird verstehen, wie es ist, wenn man zwei Menschen getötet hat, ohne es zu wollen.«

»Sie haben sie nicht getötet.«

»Es bringt nichts, darüber zu reden.«

»Sie müssen darüber reden. Ohne fremde Hilfe werden Sie das Erlebte nicht verarbeiten können.«

»Mit meiner Frau und meinen Kindern. Ihnen muss ich erklären, dass ihr Vater das Leben von zwei jungen Menschen auf dem Gewissen hat und deshalb nicht mehr arbeiten kann.« Der Mann geht zur Tür. Er dreht sich noch einmal um. »Wissen Sie, was das Schlimmste war? Die beiden haben sich an den Händen gehalten.« Er hat Tränen in den Augen. »Wahrscheinlich haben sie sich geliebt.«

Der Anwalt

Das Zimmer ist mit alten Möbeln vollgestellt. Antiquitäten mit glänzenden Oberflächen, die täglich vom hartnäckigen Staub befreit werden müssen. Geschmacklos ist nur der Schreibtisch. Ein Chromgestell, auf dem eine dunkle Glasplatte ruht. Der Anwalt sitzt aufrecht in seinem ledernen Bürostuhl. Er sucht nach den richtigen Worten. »Ich verstehe Ihr Anliegen. Und sobald die Analyse vorliegt, können wir das Adoptionsverfahren einleiten. Wie sind Sie überhaupt darauf gekommen, dass Ihre Tochter ein Kind zur Welt gebracht hat?«

»Ich hab eine Reportage gelesen. Da ist es mir wie Schuppen von den Augen gefallen. In ihrer Tasche habe ich ein Messer gefunden. Da war Blut dran.«

»Haben Sie Hinweise auf den Vater?«

»Ihre Mitschüler sagen, dass sie keinen Freund, keinen festen Freund, hatte. Wir haben die Presse kontaktiert, aber die Suche gestaltet sich schwierig. Wie geht es Emma?«

»Momentan ist sie in einer Pflegefamilie untergebracht. Sie müssen sich keine Sorgen machen. Vonseiten des Jugendamts wurde mir signalisiert, dass einer Adoption nichts entgegensteht, sollte der DNA-Test Ihren Verdacht bestätigen. Haben Sie den Brief dabei?«

Die Frau nickt. Sie zieht eine Klarsichthülle aus ihrer Tasche. »Sind nur Fetzen übrig geblieben. Das meiste ist verbrannt. Wann können wir Emma sehen?«

»Sobald das Ergebnis da ist, dürfen Sie mit Ihrer Enkelin Kontakt aufnehmen.«

Danksagung

An dieser Stelle möchte ich mich bei all den Menschen bedanken, die mich bei der Arbeit an diesem Buch unterstützt haben. Und ich möchte mich auch gleich bei denjenigen entschuldigen, die für längere Zeit nichts von mir gehört haben. Das Schreiben macht einen zeitweise zum Eigenbrötler. Bei meiner Freundin, Nici, möchte ich mich fürs unermüdliche Zuhören und Diskutieren und ihre Liebe bedanken. Bei meiner Lektorin, Diana Steinbrede, für die gute Zusammenarbeit und beim Deutschen Literaturfonds und dem Arbeitskreis für Jugendliteratur für die Auszeichnung mit dem Kranichsteiner Stipendium. Durch den unerwarteten Geldsegen konnte ich frei an diesem Roman arbeiten und eine Geschichte schreiben, die ohne Vampire, Elfen und Zauberer auskommt und nicht den Anspruch erhebt, allen zu gefallen. Dem Kulturbüro Tamara Steg – und natürlich Lea – möchte ich dafür danken, dass sie nichts unversucht lassen, mich bei Veranstaltern im In- und Ausland anzupreisen, auch wenn meine Themen nicht immer leicht an den Mann zu bringen sind. Nicht zuletzt danke ich meinem großen Bruder, von dem ich in Sachen Gelassenheit noch einiges lernen muss, und meinen Eltern, dass sie meinen ungewöhnlichen Lebensentwurf von Jahr zu Jahr besser verstehen.

Würdest du deine Seele verkaufen, um Popstar zu werden?

Kreischende Fans, Rampenlicht und dein Lied in den Charts. Du bist reich, berühmt, begehrt. Und kannst das tun, was du am liebsten machst: singen! Erik ist nur noch eine Unterschrift von seinem Traum entfernt. Und er weiß: Die Castingband ist die Chance seines Lebens – auch wenn er eigentlich seine eigene Musik machen wollte. Aber mal ehrlich: Was ist so schlimm daran, die Stimme von »Call us« zu sein? Erik fackelt nicht lange und unterschreibt. Dass Popstar sein aber ein hartes Geschäft ist, merkt Erik erst, als er schon nicht mehr aussteigen kann.

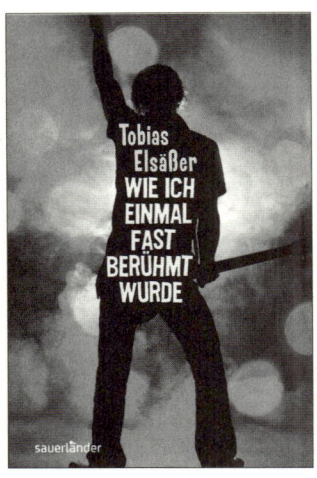

Tobias Elsäßer
Wie ich einmal fast berühmt wurde
240 Seiten, Klappenbroschur

Das gesamte Programm finden Sie unter
www.fischerverlage.de

Von einem Höhepunkt
zum nächsten

»Als ich das erste Mal begriff, was es bedeutete, ein Mann zu sein, hing ich gerade unter dem Dach der Turnhalle. Schwer atmend umklammerte ich die kalte, armdicke Eisenstange, an der ich mich in Windeseile hochgezogen hatte. Mir wurde schwarz vor Augen, dann explodierte ein Feuerwerk in meinem Körper. Das muss Gott sein, dachte ich und war für immer abhängig.«

Ein humorvolles und ehrliches Buch über Freundschaft,
Liebe, Sehnsüchte und Sex

Tobias Elsäßer
Abspringen
272 Seiten, Klappenbroschur

Das gesamte Programm finden Sie unter
www.fischerverlage.de

Jeder Tag ein neuer Song

Julies Vater war von Beruf Sänger – erfolgreich, aber nun ist er nicht mehr da. Geblieben sind die Fans, die ihm noch heute Blumen aufs Grab legen. Geblieben ist das musikalische Talent, das Julie von ihm geerbt hat. Aber wer ihr Vater wirklich war, weiß Julie nicht, denn ihre Mutter schweigt dazu. Den Gesangsunterricht bei Nils, für den sie viel mehr als nur Freundschaft empfindet, muss sie heimlich nehmen. Und dann hat Julie genug von all den Heimlichkeiten. Sie will jetzt die Wahrheit wissen.

Tobias Elsäßer
Vielleicht Amerika
152 Seiten, gebunden

Das gesamte Programm finden Sie unter
www.fischerverlage.de

Ein Junge, ein Mädchen und eine Urne

Fabian trampt ans Meer. Er will den letzten Wunsch seines Großvaters erfüllen: seine Asche in die Nordsee streuen.

Alice muss ins Internat. Doch sie beschließt abzuhauen, bevor man ihr die Coolness austreibt und sie zu einem wohlerzogenen Mädchen macht.

Zwei, die sich genau im richtigen Moment treffen. Oder nicht?

Tobias Elsäßer
Ab ins Paradies
144 Seiten, gebunden

Das gesamte Programm finden Sie unter
www.fischerverlage.de

Voller magischer Momente für Leser

Buchbewertungen und Buchtipps von leidenschaftlichen Lesern, täglich neue Aktionen und inspirierende Gespräche mit Autoren und anderen Buchfreunden machen Lovelybooks.de zum größten Treffpunkt für Leser im Internet.

LOVELYBOOKS.de
weil wir gute Bücher lieben